调笑如昔一少年

王正方 著

北京出版集团
北京十月文艺出版社

图书在版编目 (CIP) 数据

调笑如昔一少年 / 王正方著. — 北京：北京十月
文艺出版社，2020.6

ISBN 978-7-5302-2033-7

Ⅰ.①调… Ⅱ.①王… Ⅲ.①散文集—中国—当代

Ⅳ.① I267

中国版本图书馆 CIP 数据核字 (2020) 第 004602 号

调笑如昔一少年
TIAOXIAO RUXI YI SHAONIAN
王正方　著

出　　版　北 京 出 版 集 团
　　　　　北京十月文艺出版社
地　　址　北京北三环中路 6 号
邮　　编　100120
网　　址　www.bph.com.cn
发　　行　新经典发行有限公司
　　　　　电话（010）68423599
经　　销　新华书店
印　　刷　北京盛通印刷股份有限公司
版　　次　2020 年 6 月第 1 版
　　　　　2020 年 6 月第 1 次印刷
开　　本　880 毫米 ×1230 毫米 1/32
印　　张　10
字　　数　160 千字
书　　号　ISBN 978-7-5302-2033-7
定　　价　46.00 元
质量监督电话　010-58572393
如有印装质量问题，由本社负责调换。

多年前从美国寄稿子给夏伯母(林海音),央求她帮我找个地方发表。林先生(很多人都这么称呼她)读了之后,一时兴起,也写了一文,说起我们两家子的事儿。1991年8月8日的台湾《联合报》副刊,在同一版刊载这两篇。

重读夏伯母的文章,彷佛又听到她的爽朗笑声、幽默风趣的谈话,感到她对晚辈的关怀、提携;叛逆老小子如我,久久不能自已。

王正方

代序：林海音说我们的事儿

林海音

正方寄来《我的父子关系》，要我转寄《联合副刊》，因此先睹为快。

我与何凡读着这篇至情之文，不由得时间穿越时光隧道，回忆三四十年来的往事。正方的父亲是语文教育家王寿康（号莘青，一八九八～一九七五）教授，他是北师大何凡的学长，到台湾来共事于省国语推行委员会和《国语日报》，又在台北的重庆南路三段做了多年邻居；他的两子正中和正方，和我们一子三女同在这两幢各只有十几平的小木屋里长大，又前后在国语实小和建中读书，两家可谓是通家之好。

民国六十四年五月十日下午五时，莘青先生病逝于台北邮政医院，其实在这以前他已经卧病数年，去世时七十七岁。我夫妇于得悉后首先赶到医院，帮着料理后事，因为当时正中、正方哥儿俩在美国读书，一时不及赶回。

弗青先生是因中风病倒，像一般的中风患者一样，肢体一边麻痹瘫痪，不能言语，这对于一位语文教授和演讲家的弗青先生，真是一件惨痛的事。他初住台大医院，返家后用心调养，每天下午由一男工陪他出来散步。那时，重庆南路三段尚未改建马路，街面清净，往来车辆也不多，每天见他穿着长袍、歪着半个身子，一瘸一拐的，努力学习行走。

走到我家门口，如果看见街口敞开，他必得弯进来看看孩子们，孩子们看见他，也都亲热地叫"王伯伯！来坐！"因为我家小女儿每天和邻居女孩做老师教书游戏呢！院子里一把椅子架着一个小黑板，下面坐着几个小女孩。小女儿阿葳做小老师："三，ㄙㄢ三，一声三，九，ㄐㄧㄡˇ九，三声九……啊！王伯伯，来，念，九，ㄐㄧㄡˇ九，三声九！"弗青先生，嘴唇微勤，努力地张开嘴巴，"八！"他是心里想着九，却发不出来，张开嘴巴就是"八！"可怜的王伯伯，落得每天和小老师学说话。

弗青先生终身从事教职，从大陆到台湾。在台除《国语日报》工作外，主要是师范大学及政战学校教授，每年还常常全省巡回演讲，曾出版过《演说十讲》及《国语发音学》。前者是专为政战学校而编写的。

他对学生不但认真教授，而且非常照顾，讲课时也风趣诙谐、隽永幽默，绝不是使学生打盹儿的课。他在师大的学生，如今大都也是国内外语文科方面的名教授了，如：林良、张孝裕、钟露昇、方祖燊、林国梁、王天昌、那宗训、那宗懿、郑奋鹏……等位；至于政工干校（即现在的政战学校）方面，他在戏剧科任教，受教于他的，现在都是影剧界的大编导，如：张永祥、赵琦彬、贡敏、痖弦……等位。他们对他的教学，小小的举例说明，都会使他们难以忘怀，受益匪浅。他对作育英才是乐此不疲，看他矮胖的河北省壮汉，好像精力是用不尽似的，但就因为太不在乎了，所以在最后一次和赵友培先生的全省巡回讲课中，中风病在花莲，是何凡陪着王太太赶到花莲把他接回来的。

在和《联合副刊》主编痖弦联络要送正方的文稿和照片时，勾起了痖弦难忘的回忆，他说："我是王老师的亲炙弟子，当年我们都是流亡学生，来自各省份，虽是北方人，如山东、河南等

等，但是国语却不灵光，都有家乡的腔调，是王老师，从ㄅㄆㄇ
ㄈ，一字一字地正音教我们。他上课有趣得很，他教我们理论，
也教我们实行，老舍有一本著作剧本《国家至上》，我们上了理
论课之外，就以对话演《国家至上》。"

"大家都知道国语'儿'化音，王老师就说过，'儿'化是不
能乱用的，它是要用在娇小的、非正式的、日常性的方面。比方
说，在北京当年有坤伶唱戏的艺名叫'小香水'，大家都以'小
香水儿'呼之，有'咱们晚上听小香水儿的戏去！'绝不能硬梆
梆地说'咱们听小香水的戏去！'又如说'大陆华东一带发了大
洪水啦！'就绝不能说：'发了大洪水儿啦！'还有自嘲可以说：
'当个小教员儿混口饭吃罢了！'可不能说：'我给您介绍，这位
张女士是北一女的教员儿！'王老师对我们说的，我们谨记于心，
久而久之，也就运用自然了。"

正方从事编导电影工作，近年颇有成就，他编导的《北京故
事》轰动海外，而且他在每部自编自导的影片中，都要轧上一
角，演技自然，尤其对于对话，真是收放自如，这也都是受父亲
语文研究的影响。

最近消息传来，正方以英文编写的一个剧本，在美国得了三个奖：1.全国艺术基金会奖；2.美国公共广播电视奖；3.全国亚美传播协会奖。此三奖以第一种荣誉最高。他编写的这剧本名为《与巴特莱姊妹的生活》(Life with the Bartletts)，故事是说我国清末由容闳带领的第一批留美小留学生到康州去，由巴特莱姊妹照顾他们生活的故事，是我国留美历史故事，写得非常动人和有趣，也有意义，所以得奖。

正方台大电机系毕业，留美宾州大学得电机博士，又在IBM工作，但他迷于电影，不管三七二十一，放弃了高薪工作，一头投进了电影圈。在当时他的父亲已经故去，但他的哥哥正中及亲友(包括我们)却很担心，认为他中年才改行，如果失败，可回不了头做电脑了，因为电脑也是日新月异的。但是他却绝不反顾，我们当然也希望他能再接再厉，但是如果弗青先生在世的话，对这个叛逆性的儿子会怎么样呢？

写至此，时光隧道又把我带回了重庆南路三段的小木屋，弗青先生还没有病倒时，隔壁常常传来一对老夫妇的乐器合奏声，是王先生的一枝横笛，王太太的一管长箫，他们吹奏着《高山流水》。如今二老已去，木屋已拆，重庆南路三段也早已改建成六线大马路，熙來攘往的车辆和行人，那有清幽的箫笛之音啊！

原载于《联合报》副刊

目录

十四巷一号·植物园

父亲在植物园断脚铜马前留影
（1950）

坐在窗口发呆，傻瓜似的进入冥想，想什么？隔壁巷子新搬来一家，那家女儿好像同我差不多大，她为什么笑起来那么好看！

巷口有人吵架，我穿上木屐冲到门外去。一位摩登少妇和三轮车夫争车费，言语不通各说各的话。车夫急起来台语三字经频频出笼，少妇开始听不懂，后来知道了那个意思，气得涨红了脸，突然以纯正的山东烟台话说：

"有戏么（什么）了不 key（起）的，你这个台湾印（人）。"

热闹啦！这种场景每天都有。

我们家在台湾的第一个地址：台北市古亭区龙口里重庆南路三段十四巷一号。左右都是清一色的日本木制房子，拉动式的门窗，打开纸门四处通风，还有个花木扶疏的小院子，我最喜欢光着脚丫子在榻榻米上跑。

左邻右舍多半是从大陆来的南腔北调人。斜对角的董家讲福州话。再过去一家小周的母亲，常在窗户口用江北话喊："小比阿（八）子，七（吃）饭啰！"对门李家，不论老小一开口就是标准的山东济南腔。说四川话的有好几家，他们有时候听不懂电台播放的相声，就问我这个从北平来的孩子：

"他们都在讲啥子哟?!"

"侯瑞亭刚才说：我们说相声的是狗掀门帘子——全仗一张嘴。"我说。

有位老先生，挑着担子用一根筷子敲打盛茶叶蛋的铁脸盆，在巷子里边走边叫卖，天津口音十足：

"五香的茶叶蛋哪!"

他的茶叶蛋卤汁特别香，出来绕两圈就卖完了。

再过去一家住了个大老美（美国人），据说是位大学教授，见了人就大声用英语打招呼，听久了才知道洋教授在试着说中国话哩！

重庆南路三段的马路非常宽，那时三段和二段还没有连起来，来往汽车不多，脚踏车和三轮车是主要车辆。路边有一道既宽且深的水沟，不时有小孩、自行车、三轮车掉进沟里去。

很多《国语日报》的同人就住在这附近，大家称那一带作"国语胡同"。社长洪炎秋伯伯住在三段十二巷，梁伯伯（总编辑梁容若）住在隔壁的那条巷子，走到巷子口过了马路就是国语推行委员会主委何容伯伯的家。

晚饭过后，坐在窗口写母亲交代的几页大小楷，努力做用功状，其实已经困到睁不开眼睛。经常有个高大身影出现在窗口，声音低沉地问："爸爸哩?"

何容伯伯来找父亲谈事情，两人通常会聊到深夜。

重庆南路三段尾，有两户距离不远，都是门禁森严的大房子，小孩子在那两家大门前玩耍，就有穿制服的年轻人出来喝令我们快点走开。后来知道，那是海军总司令桂永清、总统府秘书长张群的官邸。某年除夕夜，家家户户照例大放鞭炮，有时炮仗声太响，把小孩都吓哭了。小李的爸爸，官拜陆军中校，上身赤膊穿着内裤跑出大门来大声说：

"俺听着非常的熟悉，这是在放连发的机关枪哩！"

第二天小孩子们在大水沟里捡到好多颗子弹壳。小李爸爸判定是官邸的卫士，除旧岁的时候找乐子，半夜里朝着水沟扫射。

这个十四巷细细长长，两辆三轮车面对面过来勉强可以走过去，巷口的另一端接泉州街，那是一条漂亮的柏油马路，顺着它走到街底的南海路再左拐，就到了台北市植物园。

父亲来台湾创办《国语日报》，报社就设在植物园内原来的"建功神社"里面。日本神社有漂亮的日式庭园、花草树木、石制的灯座、荷花池子。几个小朋友去荷花池畔，脱了鞋子光着屁股下池塘，踩着池底软软的烂泥，水深过腰，捉蝌蚪、摸莲藕，玩到天黑。

再过去有一座铜马像：那匹马的一只前腿做高抬状，但它是一条断腿。据说是第二次世界大战末期被盟军飞机炸掉的。我总想爬到那座铜马的背上，耀武扬威一番。铜像的底座就比我高很多，多次试着攀登上去都无功而退。有一回突发神勇，攀着那条翘起来的马尾巴使出巧力，我出乎意料地跨上了马背，铜像下面几个小朋友为我举手高声欢呼！刹那间真的有指挥千军万马的威风，高处的视野广阔，看得到植物园对面的马路。

开心了一会儿，可是问题来了，怎么下马呢？低头往下看，地面距离我好远，自小就有的"惧高症"此时发作，两条腿止不住地微微颤抖，真叫作"骑马难下"了。众小朋友的建议很多，都没有什么实际的帮助，我转过身来，抓住马尾、马腿一寸一寸地慢慢往下溜，还是重重地摔了下来，胳臂和腿上有好几处擦伤。

晚饭时母亲见到我的狼狈样子，厉声质问。我一五一十地招了。老爸嘬了一口杯中的酒，发出短暂清脆"啧"的那么一声（此乃中国国粹），他说：

"天下的事儿都这样，费尽心机辛辛苦苦地爬上去，还没风光多久就得下马，根本没想过怎么下来，又非下来不可。一眨眼连摔带滚地就横躺在地上啦！闹了个灰头土脸的。

"年轻的时候我在北平挺喜欢马连良的戏，他扎上靠又唱又打的，大气都不喘，念白清楚有层次，最后来一个潇洒的亮相，随着锣鼓点子转身，一步一步往下场门走。你看他背后插的那四面小旗子，摇摆的速度和幅度，都那么左右一致，这叫有戏。下场漂亮，人走了大家还老记住你。能有那样的身段，平素得用足了功夫。"

没事我经常从家里走到植物园《国语日报》社去混，主要目的是向老爸讨点零钱，买植物园门前的芋头冰淇淋吃。父亲总是忙，没空理我，吃冰淇淋的意图多不能得逞。

看报社工友把大小机器搬进搬出的，个个累得满头汗，工头王老大说："格老子这里热死人的，明天我们回成都老家开茶馆儿，那才叫舒服哩！你去过成都吗？"我摇摇头。

"我告诉你小娃儿，成都是天府之国的首都，那个地方才是天下第一。"

在编辑部进进出出，编辑部的叔叔们忙着写稿、剪剪贴贴；他们用的稿纸质量粗，摸在手上麻麻的有颗粒，灰色长方形，上面印了大格子，每行的距离宽，一页只能写三百字。编辑部的人多数年轻，都喜欢同我说闲话。

编辑郭宝玉叔叔用那种三百字的粗稿纸写情书，邀请某女士一块看电影，人家没理他。其他编辑一直嘲笑他："用这样的破稿纸写情书太不够浪漫，你这个宝玉真比不上那个贾宝玉。"

郭叔叔回答："我就是要找个能够同我一块吃苦的女朋友，她要是连我们的稿纸都嫌，那还有什么戏唱？"

爸爸是《国语日报》副社长，见到我在编辑部混就赶我出去，他说："不要打搅人家上班。"

我去排字房晃荡，那是另外一个阵仗。排字房里的灯光暗，摆满了上上下下一排排的大小铅字，这儿的铅字最特别，每个字旁边都带着注音符号。排字工拿着份稿子，端了个排字盘，走来走去拣铅字放进盘子里，然后按照文章排列铅字制版。这个工作看起来真的很麻烦。

植物园有个布政司衙门，巨大的门板上画了两个凶神恶煞也似的门神，颜色已经处处剥落，大门口的门槛很高，里面的建筑是真正清朝留下来的老衙门。有一次在那里我碰上台湾制片厂拍电影，大概是台湾拍的头一部清朝古装电影，演员留了清代的辫子头，穿上朝服，热得满头大汗，不断地迈门槛进进出出，就那一个动作重复了好多遍。正式拍摄的时候真紧张，附近的人都不准动、不许说话。我站在旁边看了一个多钟头，拍电影真好玩。

爸妈觉得不能让这孩子每天在各处胡混乱逛的，赶紧安排他上学去。爸爸安排我们兄弟二人上附近的学校，哥哥插班建国中学的初中一年级，我读国语实验小学五年级，两间学校紧邻，在南海路植物园的对面。

孔老师·江班长

早年台北的三轮车

　　一天清晨，爸爸带着我坐三轮车去植物园对面的国语实验小学。走进教室，一位高大美丽的女老师，迎过来亲切地叫爸爸"大哥"，略谈了两句，父亲上班去了。她是孔繁锐老师，爸爸和她二姐夫萧家霖是北京师范大学国文系的同班同学，这个"大哥"可不是随便叫的。去学校之前父亲就同我说：

　　"孔家排行'繁'字的，是孔老夫子的嫡传后裔，辈分高；你可得给我好好地跟孔老师学着点儿。"

　　教室里满满地坐了几十个学生，孔老师指着一张靠墙边的小桌椅，是我的临时座位，全班同学用诧异的目光瞪我，很不自在。观察了一下教室，奇怪啦！这间教室不算大，东西两面墙上各有一黑板，几十个同学分成两组，背对背坐着，两组同学各对着自己的一面黑板。国语标准、声音优美的孔老师在我们这边写黑板讲课，留下些功课给大家做，然后到另一边开始教内容不一样的课。

下课后，我到教室门口看上面写的牌子：六乙／五乙复式班。"复式班"是什么意思？这个学期从大陆来了许多新学生，国语实小的老师和教室全不够用，就把五、六年级两班学生放在一个教室里，经验丰富的孔老师好辛苦，忙着两头跑，一个人当两个人用。

爸爸嘱咐过了，怎敢怠慢？上孔繁锐老师的课我真的很用心听讲，喜欢她那略带山东口音的国语。可是我做不到"心无旁骛"，孔老师到六乙那边讲课的时候，也止不住专心地去听，于是六年级的课我也听会了不少。

五年乙班有二十几个学生，每人讲话都带着不同的方言口音。有次上国语课，同学轮流讲故事，从上海来的杨子纲说：

"上海有一家餐厅，一个当地人随地吐了一口痰。隔壁桌两个外国人在讲话，一个用英文说：'今朝是星期罗（六）。'刚才吐痰的那个上海人听到之后，吓得丢下筷子就逃命去了！"笑话讲完，全班没有人笑。

下课后我问他："杨子纲，你那个笑话一点都不好笑。"他说："你们不会英文又不讲上海话，所以听不懂呀！英文说今天是星期六'Today is Saturday'，听起来就同用上海话说：'吐痰是要杀头的'一样，所以那个上海人听了就马上逃命。"

他用英语和上海话各说了一遍，对哟，听起来真的很像，这小子还挺有学问的呢！

六乙班的吴桓，是公认的讲故事高手。他看过很多小说，比手画脚地讲着，特别生动，声音表情多，每个故事最后都是男的和女的在亲嘴，班上的女生听得嘴巴合不拢，目不转睛地看着他。训导主任派他每天升旗典礼时，站在台上指挥大家唱"国歌"、"国旗歌"。人人都认得吴桓。

江显桢是我们五年乙班的班长。国语实小刚开办，显桢就入校读二年级，一直是班上最优秀的学生。四年级读完校方把他转到五年乙班，显桢很不高兴，因为他是原来那班的班长，老师同学都喜欢他，这个乙班又算是什么？

校方自有考虑：乙班同学多是从大陆各地来插班的孩子，程度参差不齐，杂牌军队伍，所以要找一个当地的王牌学生镇压场面。显桢是我们乙班唯一的台湾省籍同学，品学兼优，当然由他来当班长。但是同学们给他取的绰号是"江狗"，简直没道理，然而天下所有的绰号都是无厘头的。

班上国语最标准的除了我以外就数江显桢了。江同学品学兼优，一手毛笔字漂亮到把所有人都藐死，经常代表学校参加书法比赛、国语演讲比赛，得到好多奖状奖牌。每次去演讲比赛之前，孔老师就叫他来我家接受爸爸的指导。爸爸是语言学专家，他的演说最是生动有趣，远近知名。

为什么老师从来不叫我这个从北平来的、国语最标准的学生参加演说比赛？嘻！从小就没有一句正经话，要是我上台胡说八道起来，老师、校长恐怕都得去坐牢。

江显桢的爸爸请我们一家去他家喝茶，江家在台北市内江街，好大的一栋老房子。江老伯健谈，讲台语，声大量洪，显桢在一旁当他们的翻译。老先生拿出一张大唱片来给大家看，说那是很多年前大陆出的《赵元任教说国语》，他从上海辗转买到这套唱片，晚上紧闭窗门在家里偷偷学国语。江伯伯说在日本时代偷听这张唱片，被发现是要砍头的，然后他拿着那张唱片做状在自己脖子上不断地砍。

多年后，显桢告诉我，他父亲非常重视中国传统文化，严厉督促八个兄弟姐妹学中文。江爸爸和国语实小的校长老师们都非常熟，"二二八"事变①期间，国语实小的校长和几位外省籍老师，都住在江家避难很多天。

头一次月考，我的成绩是五年乙班第一名，大家都很意外，特别是我自己，我哪里是考第一名的料嘛！大概是我在北平上的师大二附小程度不错，来台湾在旅途上虽然耽误了两个多星期，插班入学还能跟得上。运气来了，各科考试成绩加起来只比第二名多1.5分。那是我这一辈子唯一一次的第一名，以后就每况愈下得很厉害。

五年乙班的副班长转学了，要选新副班长。有人提名我，孔老师支持：王同学的成绩不错嘛！还没举手表决，杨子纲就反对：

"我认为一个讲脏话的人，不可以当我们的副班长。"

---

① "二二八"事变，发生于1947年2月28日，是台湾省人民反专制、反独裁、争民主的群众运动。

"王正方讲脏话，真的吗？"孔老师很诧异，也没有再追问下去。

我坐的位子离窗口很近，每天风对着吹，我总把窗子关上，其他同学觉得热，老是吵着要开窗。有一次杨子纲为了开关窗户同我大吵，他骂我一句："搓那！"

那是句沪语，我当然听得懂，就回了一句完整的五字经，像是在替他做翻译。嗨！这种事情怎么可以讲出来的呢？

后记

接获国语实小校友会通知，孔繁锐老师于2017年11月去世，享年九十五岁。孔老师一直认为我这个皮孩子将来会有点出息的。曾经支持我当副班长，从来没有人如此器重我，可算是一生中的大事。多年承蒙老师的错爱，实在有点辜负孔老师的厚望。

屡次在生命的低潮中想到她，我默念："你看，孔老师不是说你挺行的吗？拿出点劲来，这回一定要撑过去。"好几次就撑了过来。

吴桓（1937—2006），台湾艺术专科学院第一届影剧科毕业生。最早在电影《阿里山风云》中饰演要角；人人爱看的电视名剧《大刀王五》，吴兄就是剧中大英雄王五。之后他以编导工作为主，获金马奖、金钟奖最佳编剧奖等，为台湾的电影电视做了许多重要贡献。

我参加大学话剧社那年，吴桓已小有名气，拖他来看我们的新戏彩排，我说："不用客气请多提意见。"

看完了他对我说："你演老头子，怎么走路的那个样子，就像刚才在裤裆子里拉了一泡？"

新邻居来了

林海音和两个女儿
1948 年底他们一家人搬来我
家隔壁

有一天爸爸下班回来，一进门就兴奋地说：

"咱们的新邻居明天搬进来了，他们住那一边，咱们住这一边，往后可就热闹了，多好哇!"

父亲最喜欢热闹，母亲瞪着他看了好一会儿，没讲话。这所日本房子有三十几坪大①，分一半出去，我们的居住面积就减少了。

父亲说的新邻居是《国语日报》副总编辑他们一家子，也是

---

① 坪是台湾核算面积的基本单位，一坪等于三点三平方米。

刚从北平来的。这一阵子大陆来台湾的人非常多，安排住处困难，予人方便就是给自己方便，更何况又是同事，大家住在一块儿不是挺好的吗？

他们一家大小六口人：夏承楹伯伯（笔名何凡）、夏伯母林含英（笔名林海音）、外婆（简称婆）、大儿子（他外婆用台语叫他十一仔，是夏家大排行的第十一个孙子，夏伯伯叫他一子，第一个儿子）、两个妹妹：美丽、咪咪。夏一子上小学二年级，妹妹们都是幼儿园的小朋友。

从此我们的十四巷一号，有了比以前旺盛的生命力。过道中间的小门，白天都开着，两家小孩子连跑带跳乒乒乓乓窜来窜去，大呼小叫的，完全没有"隐私"可言。其实那个什么"隐私权"是西方人发明出来的玩意儿，早年的我们全都过着毫无隐私的日子。

夏一子喜欢跟着我们哥儿俩玩，他能说会道而且挺爱耍宝。有一次他刚洗完澡，赤裸着身子腰上绑了根皮带，踢起正步来在过道上来来去去，口中喊着：

"中国兵，中国兵！"

这里头有它的意思的，你看早年的中国兵服装配备都不足，可不就像赤着身子绑了根皮带去冲锋陷阵？但是千万不要惹夏一子哭，他一旦哭起来便不可止，总要耗掉半个钟头以上，很麻烦。

两家人都说着标准的北京话。夏伯母林海音热情漂亮，性格豪爽，一口京片子清脆响亮，台语也标准，还能说客家话、日语。林海音女士的个性比较急，孩子们不听话，她的声音分贝就不由自主地急速飙高。某日中午，夏伯伯在里屋午睡，我们几个玩得兴起，追追打打弄出颇大的声响来，夏伯母着急了，她大声地喊着：

"别闹啦！你爸爸在睡午觉哪！"

没多久，一扇纸门打开，何凡先生一手提着唐装裤子，一手把条旧领带在腰上扎起来，他自说自话：

"我也不用睡了，她的嗓门儿比孩子们的还大，按说她那儿还是一番好意。"

我及时溜回隔壁家里去了。

夏伯伯管儿子很严厉，遇到夏一子不听话耍赖皮的时候，他做父亲的威严就展现出来了。住在日本房子里大家都不穿鞋，夏伯伯的脚丫子既白且瘦，就过去没头没脑地踹儿子几脚。以后每当夏一子蓄意要胡闹之时，我们就警告他："小心点儿，回头你爸的白脚丫子就要踹上来了哟!"

婆是台北县板桥人，她说国语带着浓重的闽南语口音，在北平住了多年，她的儿化韵每处都不缺，就是有时候用得不到位；"馅饼"加儿韵的时候，应当是"馅儿饼"，婆老说成"馅饼儿"，孩子们便齐声地笑起来。她就说这些孩子听不懂她的话，真笨（发音如 boo-en），又"矫情"。

母亲经常和婆、邻居太太们打麻将，输赢很小。那还是个"戡乱"的年代，规定全台湾上下人人都要发愤图强，以反共抗俄为宗旨，不容许有聚赌的行为，在家中打麻将就是赌博。某夜他们又在玩卫生麻将，巷口巡逻的警察听见洗牌的声音，就翻墙过来抓赌；当年警察以执行任务为理由，闯入民宅是理所当然的事。

进来三名制服客，为首的态度和蔼，先向大家宣讲了一篇反共抗俄的精神训话，"你们不共体时艰，却在这里深夜玩牌。"有位太太辩称：

"我们没有赌钱呀! 邻居没事在一起玩玩，输赢只是算分的。"

警察老于此道，他问："算分? 那么十分就是一毛钱啰?"

婆没有会过意来，马上回答："对呀！十分可不就是一毛嘛！"那位太太瞪了婆一眼。

警察说："虽然输赢比较小，但还是在赌博啰！"

一定要罚，先将每个人的名字登记在案。三位牌友，包括我妈，都把自己的姓名故意写错一两个字，唯独婆拿过笔来，清楚地写下她的真名实姓："林黄爱珍"。

我们哥儿俩没有睡着，从隔壁纸门缝里偷看，瞧得一清二楚的，事后觉得夏家外婆最了不起，武侠小说里说过："在江湖上闯荡，立不改姓，坐不改名，好汉做事好汉当！"

警察留下了记录，不论后来怎么样了都不是好事。记得父亲去拜托一位吴老师，她先生在警界服务，后来这桩小案子就销掉了。麻烦别人的事情礼数要尽到，母亲买了一只大母鸡再加上些水果，送到吴老师家去。隔了一天吴老师又把大母鸡送了回来，说：

"绝对不能收这份重礼，何况大家既是同事又是好朋友，帮个忙也是应该的。"

躺在院子里的大母鸡真可怜，折腾了两天已经垂头丧气，奄奄一息了。

我同夏家三个小孩最常玩的游戏是"马场町枪毙匪谍"。夏家大妹子美丽扮演"匪谍",用麻绳将她五花大绑地捆起来,背后插上一把蒲扇,小妹咪咪是群众,夏一子当行刑枪手,执行官是我,就在那儿大声宣告罪状、发号施令:跪下,瞄准,开枪。夏美丽中枪之后倒下去的样子太假,还得再来一遍。我们的游戏与当时的政治氛围很有关系,台北马场町枪毙"匪谍"的新闻颇为频繁,几乎隔不了几天报上就有一段。

有时候忘了时间,天色已晚又溜到夏家去找小朋友玩,三个小孩已经横在榻榻米上入睡多时。夏伯伯和夏伯母在三个榻榻米大的小房间里,各据一张小桌子,静悄悄埋头苦写,只听见沙沙响的写字声音。夏伯伯的案上有一盏小日光灯,射出刺目的白光,他用马粪纸剪出一个帽檐来,两角穿上根绳子,将帽檐绑在额头,挡住日光灯的强光。

日后,何凡在《联合报》每日专栏的《玻璃垫上》、林海音脍炙人口的《城南旧事》等,就是在那间三个榻榻米的小房间中,夜夜爬格子,一个字一个字慢慢磨出来的。

后记

我父母亲的年龄较长，比何凡、林海音他们大十几二十岁。父亲于1959年严重中风，丧失语言能力，无法工作。哥哥和我还在大学读书，当时的台湾，根本没有保险或退休制度，一时全家陷入困境。《国语日报》同人、父亲的学生们，热心出主意、出力帮忙，我们才熬过了那段最艰难的日子。20世纪60年代初期，我们哥儿俩相继去美国读书，就近照顾家中二老最多的，就是夏伯伯夏伯母他们。

后来夏一子（祖焯）、夏美丽陆续也去了美国，数十年来两家人的缘分特别好，我们在美国不时地欢聚一堂。

20世纪70年代初，我在美国积极参加保钓运动，台湾"国府"将我列入黑名单，不能也不敢回台湾。1985年母亲病危，我取得赴台湾的单程签证（single entry visa），在台只能停留两周，老母的病况稳定下来，我飞回纽约。不久母亲的癌症迅速恶化，我赶忙再去台湾驻纽约代表处申请签证。签证迟迟下不来，某个晚上接获电话，是夏伯母打来的，她告诉我刚才你妈妈在荣总医院过去了，我顿时哽咽久久不能言。电话的那一头传过来海音女士平和悦耳的声音：

"正方，你难受了，别难受啊！她走得很安详——"

顿时，我的泪水夺眶而出，倾流不止。

中年后喜欢写作，很得到夏伯母的鼓励。稿子从海外寄到她那儿去，不久就在台湾某大报的副刊登了出来。她曾夸奖鼓励我：

"你写的东西挺有感情的，又不时带着特有的幽默感。多写点儿，回头'纯文学'给你出书。"

纯文学是她创办的出版社，曾在台湾极富盛名。但是多年来我的兴趣庞杂，老是在忙其他的事，零零星星写了些文章，总也凑不成一本书。林海音当面训过我，她说：

"正方，这么多年下来你写的还是那么几篇哪？"

我只有低头惭愧。

之后她年纪大了，结束了纯文学出版社。

1988年，台湾的"戡乱戒严法"解除，台湾中影公司邀我回台湾拍电影。夏伯伯夏伯母在他们家里为我开了个Party，他们在台湾是文化界龙头级人物，夏府的聚会永远是台湾重要的文化沙龙盛会。那天晚上的贵宾很多，有齐邦媛老师、名作家朱西宁、夏元瑜、香港名作家董桥、名导演胡金铨……冠盖云集，大家吃喝嬉闹，开心极了；名摄影家庄灵在现场拍摄了许多有趣的片段。

林海音去世后，何凡也九十岁了。去夏伯伯台北逸仙路的家探望他老人家时，女儿夏美丽把那次的录像找出来看，数十年前的老朋友、老面孔，许多已经不在了。怕夏伯伯看了伤心，我们说：

"看一会儿就够了，咱们自个儿聊聊吧！"

夏伯伯坚持要看完，他默默全神贯注地看到最后，说："累了，回屋里休息一会儿。"

从那段录像里，夏伯伯又重温了和朋友们齐聚一堂的欢乐，又见到林海音的一颦一笑，听到她温馨动听、充满了感情的声音。

夏一子的女儿Connie，某个暑假在我老哥"中央研究院"的分子生物研究室当实习生，邂逅了一名帅哥实习生，之后二人结为百年之好。

王、夏两家紧邻，友情胜似亲情，历时四分之三个世纪，正持续地绵延不衰。

刘老师的女儿哭起来像猫叫

有一天父亲回家，一对年轻夫妇和一个襁褓中的婴儿跟着他一道进门来。爸爸给我们做了介绍，然后说：

"他们刚从大陆过来，暂时没法子联系到他的单位，就先在我们家住一阵子。"

年轻夫妇一直说着"打扰了""感谢"之类的话。母亲就将当客厅用的八个榻榻米房间清出一半来，中间拉起一根绳子，披上一张床单隔着，成为他们一家三口的房间，当夜就匆匆睡下了。半夜听见小婴儿在哭，那孩子的哭声很特别，听起来像是一只小猫在叫，声音尖锐短促。

父亲在台北火车站接人，班车误点，就在大厅无聊地枯等，遇见这两个焦急无助的年轻人。爸爸同他们攀谈：从基隆下船，搭火车来台北，在火车站已傻等了十几个小时，应该来接的人始终没出现，怀中抱着的女儿才一个多月大。人生地不熟的，开口说话对方听不懂，简直是走投无路。住旅馆？笑话了，谁有那个预算，真的不知道该怎么办！父亲当场就说：

"你们先到我那儿住几天，我家的地方不大，但还住得下，再慢慢去找你那个单位，一定找得到的。"

这件事爸爸没跟母亲商量过，晚上偷听父母的谈话，父亲说："每天从大陆过来的人多到数不清，兵荒马乱的，都有一口气接不上来的时候。怎么能看着一家三口子，还有个那么小的婴儿睡火车站呢？咱们来台湾的时间早，安顿下来了，能帮得上别人就帮一把。"

年轻丈夫日日去各处打听，都是无结果而回。他们觉得这样下去真不是办法，父亲问年轻太太：

"你在大陆做过什么工作？"

"在家乡教过小学，但是来台湾之前太匆忙，证件什么的都没带来。"

"没关系，附近的国语实验小学我熟，给你安排试教一下吧！"

　　试教结果十分成功，此后就在国语实验小学教书了，她是刘乐清老师。不久后刘老师的先生与他的单位联系上了，一家三口迁入单位宿舍。刘乐清老师在国语实小没有教过我，她和母亲同事有年，两人来往挺多的。

　　半个多世纪过去，透过国语实小的老校友，我和刘乐清老师联系上了。她还是那么健谈，稍不注意一通电话就能聊上一个多钟头。她总是千恩万谢地提起当年住在我们家的那一段儿。我说：

　　"小事一桩，我那老爸爸天生的喜欢帮助人。你那位小时候哭起来像猫叫的女儿呢？"

　　"哎呀！她都快当祖母了。"

　　自国语实小退休，他们全家移民美国，住在旧金山湾区。哦！旧金山湾区，我老哥大半辈子就住在那块好地方，刘老师立刻要了老哥的电话号码。

　　我与哥哥通话，说有位刘乐清老师会打电话给你。年代久远，老哥一时想不起来我在说谁，我提醒他：

　　"她的小女儿哭起来像只小猫叫的那位！"

　　"哦！小猫叫，吱吱唧唧的。"

一下子他尘封的记忆库大开，许多大事、小事、屁事都记起来了。刘乐清老师和我老哥老嫂见了好多次，相谈甚欢。

我那老嫂子告诉我："每次和刘老师见面，她就像搬家似的送来大包小包的礼物，怎么说也没用。"

纪陶舅舅

纪陶舅舅抱着他的独生女儿
(1924 年青岛)

　　纪陶舅舅是母亲的堂兄，早年自日本京都帝国大学毕业，一直在山东青岛海关任职。第二次世界大战结束，台湾光复，纪陶舅舅就以特派专员身份来台湾接收海关。妈妈告诉我，纪陶舅舅的日文造诣极深，又熟悉海关业务，派他来台湾处理海关接收事宜，当然不做第二人选。

　　纪陶舅舅就住在重庆南路三段十四巷三号，我们家的紧隔壁；可能当年我们一家来到台北，是纪陶舅舅安排的住处，亲戚们住得近当然最方便。纪陶舅舅的家眷没来，舅母和女儿还在青岛，说是等他办完了接收工作就回青岛去，没料到接收业务比预期的多，纪陶舅舅来了台湾几年还是做不完。

母亲的那本老相片簿子，有好几帧纪陶舅舅的照片。他年轻时的长相真的非常英俊，套句现代用语，简直是帅呆了。一身飘逸的长袍，衬出来他的身材修长，蓄短发，戴着末代皇帝溥仪的正圆形眼镜，眉清目秀、目光炯炯、气质儒雅。母亲经常以那几帧照片作模板，向我们宣讲：

"你们外公家的男人，多半是这种长相和风度。"

言外之意是我们长大了，最好能外甥像舅。父亲的亲戚，多半有北方庄稼汉的造型，以黑、粗、壮为主。

第一次见到纪陶舅舅，他已是个中年人，背部微微佝偻，身材还算修长，但并不特别高，南昌口音，善说笑，讲许多引人入胜的典故和往事。我也发现当他独处闷坐的时候，老是带着一种说不出的忧郁。我想纪陶舅舅是典型的中国知识分子，时时露出怀才不遇、先天下人之忧的士大夫气质。母亲常说纪陶舅舅讲的日语，是那种最为典雅的京都口音，在日本他一开口说话就受到尊敬。

负责照顾纪陶舅舅生活的是阿丽。阿丽二十岁出头，活泼好动,做事勤快,总是穿着带有小碎花的连衣裙,每天蹦蹦跳跳蛮开心的样子。她左脸上有一块寸来长的疤,并不特别漂亮,至少幼年时期的我,没有感觉到阿丽有什么吸引人之处。但是纪陶舅舅对阿丽的钟爱,无论是谁一眼就看出来了。

纪陶舅舅每天的晚餐必定是日本料理,阿丽的日本料理做得很地道,当然还要喝日本清酒。我经常在晚饭时间,借故晃到他那边去,趁机吃几口日本美味。舅舅和我没大没小的,要我陪他喝烫好了的清酒,吃生鱼片。酒过数巡,纪陶舅舅便不断地讲起他在日本读书的往事,充满了怀旧情愫。在京都求学五年,日子过得美好自在,告诉我他差一点和某位日本美女结婚,然后轻轻地叹了一声。

再喝下去纪陶舅舅就开始轻声吟唱日本歌曲,阿丽在厨房里跟着哼哼,端出一盘新菜出来,两人面对面大声唱完这首歌,然后用日语说说笑笑,听不懂他们说什么,但是气氛中充满了欢乐。

常常去纪陶舅舅那儿混,随便翻看他的书籍杂物,靠在桌旁看他提起毛笔疾书信札。母亲家的亲戚,都写得一手漂亮书法,当然啰,外公一族是书香世家,子女们的国学根基都扎实,舞文弄墨的本事自然不在话下。

替他点香烟，他教我："日本话的火柴念马基。"

阿丽就接过来讲一堆日语，他们又一道咯咯咯地笑着。

某天晚饭后，我在纪陶舅舅的窗户外张望，他满脸通红，讲话时舌头变得有些大，招手要我进去。显然在外面应酬喝了不少酒，兴致一高，他的话就特别多。阿丽送上热毛巾，两人的举动蛮亲热的，讲的话夹杂着许多咿咿哦哦，我更加听不懂了。

这天纪陶舅舅说话多了一份嗲气，听起来怪怪的。我问："舅舅，为什么今天要这个样子说话？"

"啊！因为今夜是阿丽之夜。"

纪陶舅舅借着酒兴又大声唱起日本歌曲来，歌声雄壮，阿丽端上来清酒，古色古香的酒瓶和小酒盅特别可爱。两人一同举杯，用日本话说："干杯！"

我听得懂这一句，因为它就是中国话。他们说说笑笑的，混闹了好一阵子。阿丽拧了一把热毛巾来，亲手给舅舅细心地擦着脸。

他拿出一沓旧文稿来，不停地念诗给我听。纪陶舅舅最喜欢朗诵唐诗和他自己写的旧体诗，音调铿锵。然而他必须要用南昌话来诵念，因为那样才抓得准平仄、韵脚。他写了好多首送给阿丽的诗，那些诗是以毛笔写就的行书，字体从容，一路挥洒，内容我多半还看不太懂。用南昌话诵读起来就特别的哆，而且多数都押"耶"的音。我问：

"为什么给阿丽的诗听起来都是一个调子的呢？"

"咦？你听出来了，有点天分，因为这个'韵'是专属于阿丽的。好孩子，改天我教你写旧诗。"

他还以白话文写了一篇《阿丽素描》，我仔细地读过，其中特别描述了阿丽左脸颊上的那块疤：她开始害羞的时候，那块疤就泛起微红；略有酒意，那处便绽放起来如一朵樱花……此后有一阵子，我很注意阿丽脸上的疤痕。但是我怀疑阿丽根本就没有读过那篇文章，因为她受的是初等日本教育。

我私下问母亲："纪陶舅舅是不是和阿丽很要好？"

母亲眼睛一瞪，皱起眉怔住片刻，厉声说：

"小孩子不要乱讲话。"

然后她自言自语："三嫂和他的感情一直就不大好。"

三嫂就是舅母，人在青岛，我没见过。老照相簿中有一张纪陶舅舅的全家福照，舅母留着短而直的头发，嘴唇很薄，面庞宽，一副不苟言笑的表情。每次母亲看那帧照片，就轻轻喟叹：

"唉！三嫂，精明强干哪！"

我认为纪陶舅舅和舅母不太登对，因为纪陶舅舅太帅了。

大陆的局面愈来愈紧张，纪陶舅舅天天担心、想念在青岛的家小，特别是他最心疼的独生女儿。如果要继续在台湾工作，他得尽快把家眷接来，但是又担心舅母不愿意住在台湾。纪陶舅舅每天过来同爸爸不停地抽烟喝茶，分析时局变化，谈他切身去留的问题。他们每次得到的结论：趁早去青岛接家眷来台湾，世事难料，愈拖下去愈麻烦、愈难办。

大人每天晚上讲同样的事，我逐渐失去兴趣，九点不到就去睡觉。有天晚上我一觉醒来，听不见父亲的高谈阔论和爽朗笑声，只有母亲和纪陶舅舅压低了声音以南昌话谈事情。我隔着纸门倾听，睡意全消。

纪陶舅舅正在叙述"二二八"事件的经历：有一天下班回家，在路上被一群壮汉围住，个个手持棍棒或长短刀，粗声粗气地向他吼叫，兴师问罪。纪陶舅舅的台语不很流利，立即被发现他不是本省人，有人就朝着他挥棒打去，情急之下纪陶舅舅说出一大串日语来。一位年纪稍长的壮汉，操着生硬的日语问他是日本人吗，纪陶舅舅急忙表白自己来自京都，战事虽然结束但一直没安排好返乡等事。这些人听得似懂非懂，但是纪陶舅舅的京都口音无懈可击，壮汉们放过了他。

三步并作两步地冲回家，打开收音机才知道发生了"二二八"事件，局面整个乱了，广播电台呼吁外省籍同胞，不要随便在街上走动。他的住处没有电话，一时与外界断了联络。

纪陶舅舅和阿丽商量，写了封简函，要她去海关单位找某人，快去快回。还没来得及交代清楚，大门口已经有不少人在用力敲门高声叫喊，像是就要冲进来的样子。纪陶舅舅压低了嗓门对母亲说：

"我才发觉阿丽是一个非常果决勇敢的女子，她没说话就把客房的一块榻榻米掀开，推我下去。你一定不知道，榻榻米下面离地面还有一段空间，但是非常窄小，坐不能坐蹲也不好蹲，只有趴在地上。"

纪陶舅舅说的那种地方我知道，有一次我抓小猫钻到榻榻米底下去了，底下黑漆漆一片，满处是蜘蛛网，有陈年猫屎的臭味。

"就听见屋子里像有几十个人走来走去，阿丽一一应付着。大约二十几分钟之后脚步声没有了，阿丽在我藏身的榻榻米附近低声嘱咐，她去送那封信，要我千万忍住别出来，她一下子就回。我估计在底下至少趴了一天一夜，大气都不敢喘，因为老是觉得屋子里有人，听见人讲话，脚步声也没断过。"

"那大小便怎么办哪？"我听得入神，一时忘了是怎么回事，就隔着纸门参与谈话。刹那间大人的讨论停止，纪陶舅舅拉开纸门笑眯眯地探进头来，我马上闭起眼睛来。他说：

"哎呀！这个小孩子这么晚了还不睡觉，专门偷听大人讲话，现在装睡也来不及了。"

母亲轻声责骂："这孩子总是问些屁屎尿的事。"

索性不睡了，起来听纪陶舅舅的故事。

头顶上面的声音逐渐消失，但是纪陶舅舅仍旧不敢出来。他听见巷子里有马蹄声往来，似乎有人以日语做简短交谈，像是军人在喊口令，下达指示。阿丽终于回来了，掀开榻榻米告诉纪陶舅舅外面已经平静没事，还带给他食物和饮料。纪陶舅舅的家被砸得一团乱，丢了也毁掉不少东西，他的诗文稿件没失散只被翻乱，有一部分给打湿了，真是万幸。

惊魂未定，纪陶舅舅从门缝里朝外探望，街上静悄悄的没有一个行人，间或有日本宪兵骑着马，荷枪实弹在巡逻。

"那时候还有一批日本部队驻扎在台湾，据说就在石牌。情况紧急，临时调他们进城维持治安的。"纪陶舅舅说得很肯定。

他们又讨论纪陶舅舅到底要不要留在台湾，还是那些绕来绕去的话，我突然困得撑不住了。

一连两天没到隔壁去找纪陶舅舅，傍晚时分晃了过去，在窗户外窥探，屋子里乱糟糟的，书籍文件堆了一桌子，许多物件也散放在榻榻米上。阿丽正忙着打扫清洗，我隔着窗户问："阿丽，舅舅还没下班吗？"

"先生去青岛，接太太过来啦！"

这么快，说走就走。母亲告诉我现在去大陆的船都不定期，纪陶舅舅接洽到去青岛的一艘货船，船长还安排了一张铺位给他，就匆匆上路了。

大陆和台湾突然完全断绝来往，以后就再也没纪陶舅舅的消息。不知道是他没赶上回台湾的船，还是舅母不愿意来台湾，也可能是纪陶舅舅经历了一天一夜趴在榻榻米底下的痛苦体验，一直心有余悸，不愿意回台湾来了？

阿丽在我们家做了半年多，也很会做北方面食了。后来出了点事故，被母亲辞退。某日阿丽私下同母亲说："昨天半夜先生到我睡的地方去，站在那里不走，还掀开帐子看很久。"

当晚我隔着纸门偷听母亲低声盘问爸爸，父亲的反应强烈："哪有这种事？还说我掀开帐子看，看了很久，纯粹胡扯，这人讲话太不老实。"

这件事至今也没有定论。继任的阿彩又高又黑，动作幅度大，嗓门响亮，走路像一辆坦克车。我们给她取外号"摸着天"。《水浒传》中有好汉摸着天杜迁，常与云里金刚宋万搭档，想来都有篮球中锋的身材。

母亲有先见之明，防微杜渐，父亲虽然人逾中年，但是体格健硕老而弥坚，家中的小孩正快速地长成半大小子，防患于未然，明智之举也。纪陶舅舅曾经那么帅，是位饱尝风月的潇洒人物，如果阿丽真的如纪陶舅舅所说的那般可人，她在我们家留下来，日后的故事就多了。

我早已超过父亲那时的年纪，深深体会到身心健康的男子，美色当前而不动心有多么困难，不慎动了念头，再努力克己复礼，更难。平心而论，老爸那天晚上就算有此一举，也只是撩了撩帐子而已，然后自制地放下，"发乎情，止乎礼"，圣贤之道也。试问天下英雄，又有几位能做得到？

不时地怀念起纪陶舅舅来，和他相处不过几个月的时光，却忘不了他的翩翩风采、一笔漂亮的行草、醉吟日本小调、以南昌话朗诵诗句。可惜那时我太幼稚，不懂得欣赏他的诗文，也没来得及跟他学写旧诗。

还有阿丽，她脸上的疤，真的那么吸引中年男子？

苏主任・林活页・游老师

季老师是我们的训导主任，胖胖矮矮，总是笑眯眯的，一点也不凶，没人怕他。有一次来我们班代课，他好像没有准备，大概也不知道怎么教这个复式班，就叫我们复式班的五、六年级同学，都转过头来面对着他，讲的是新闻时事。他问：

"'行政院'刚刚改组了，你们知道新'国防部长'是谁吗?"

大家七嘴八舌地乱说一通，季主任摇头咂嘴，用很纯正的北京话说：

"瞧瞧你们这些孩子，张嘴就说，一说就错。"

这是他对学生最严厉的几句话了。

记得爸爸前几天说："文人当'国防部长'，这可是头一次。"我马上举手发言："新'国防部长'是俞大维。"

季主任连连点头，有嘉许的意思。

教务主任苏老师反而特别严厉，戴一副金丝边眼镜，身材高瘦，经常一手叉着腰，另外一只手伸出去指着学生的鼻子，教训起人来声音响亮，蛮可怕的。我们很自觉，远远见到苏主任，就改变方向走到另外一头去。

某日清晨刚到学校，见到班上好多同学正在热烈讨论着，班上的"点子王"周立，跑进教室来时额头冒着汗，气喘吁吁地说："我真的亲眼看见了，植物园的那棵大王椰子树下躺着一个死人！"

"死人长什么样子的？"

"要不要同我过去，你自己看就知道了。"

放下书包跟着周立飞奔到植物园。一棵大王椰子树下，围了好几圈人，大家在低声议论着。我个子矮，转了一圈只看到人挤人的背面，找到一个空隙，不假思索扒开前面两人的腿，钻过头去一探究竟。头刚伸了出去，就在我眼下不到一尺远的地方，有一张蜡黄全无血色大男人的脸，他侧卧着、闭着双眼、嘴巴微张、太阳穴上有一个很深的小洞。那人穿一身整齐的黑色警察制服，右臂撇在草地上，手中紧握着一把短枪。

胃在剧烈地翻腾，快要吐了，我抽出身在旁边草地上呕出来一摊。学校的钟声响起，升旗典礼就要开始了。我拔足狂奔，跑向国语实小的大门。就看见一个高大的身躯，叉着腰在大门口站着，苏主任指着我们正要跑进大门的小鬼头们，大声地喊：

"你们几个去植物园的，都给我站住！"

有三个小朋友听话，就在苏主任面前低下头站住。我害怕得不得了，也想停下来，可是两条腿不听指挥却愈跑愈快，苏主任哪里追得上。"点子王"周立比我跑得更快，他已经穿越操场，找到我们班的队伍，蹿进去跟着大家唱"国旗歌"。我比他慢了好几步，"国旗歌"已经唱到"勿自暴自弃——"，我跟上来一块吼着。就看见那个吴桓正在台上，有板有眼地挥动指挥棒，样子跩得很哩！

苏主任上台训话，校门口被他叫住的几个小朋友，排在后面罚立正。苏主任说：

"上学时间偷偷跑到植物园去的，都要受严重处分！有的学生更不像话，叫他们给我站住，还往里头跑，以后都给我小心点，不要以为我不知道你们是谁。"

三天吃不下饭，一想到那张蜡黄的死人脸就要吐。整个一学期都在担心，就怕苏主任认出周立和我来，结果没事。

母亲在国语实小教美术，实小春节晚会，妈妈带着我一起去，和苏主任季主任他们坐一桌。没想到他们那天都有说有笑的好开心，一点都不凶。晚会的最后节目是抽奖，听见此起彼落的中奖人欢呼。要抽最后的特奖了，全场紧张。突然苏主任举手大喊：

"不用抽号码了，特奖就是我的！"

主持人觉得奇怪，过来看苏主任手上的单子，然后大笑起来说："作弊的不行。"

原来他在那张单子上用钢笔写了："特奖特"三个字。苏主任还在装傻，说："自己写的不行吗？"

所有人都笑歪了，这苏主任还挺能逗乐子耍活宝的咧！

班上新来的一个插班男生很矮，穿着窄小的黑色中山装，脖子上的风纪扣都很严实地扣起来，上课专心听讲。老师问他问题，他马上站起，还没开口那张脸刷的一下子变得通红，结结巴巴讲了几句，谁也听不懂。

下课时同学们打打闹闹跑进跑出，他独自站在墙角东张西望。听他的口音，我猜大概是从山东来的，就走过去用自以为是的山东话问他：

"你是戏么（什么）县的印（人）哪？"

"俺是山东 key 下县的印。"

"你叫戏么名字？"

"俺叫林活页。"

我还是搞不清楚，怎么会有人的名字叫"活页"？他拿过纸笔来写清楚："林宏荫，山东栖霞县人。"

"这栖霞县在哪里？"

"就在烟台旁边。"

啊！烟台，在北平听的相声段子，很多是用烟台口音讲笑话。父亲会讲点烟台话，它跟济南的口音很不一样，喉头音多。饺子，烟台话是 giaoza，现在的韩国话、日语，饺子的发音也都是 giaoza，本来嘛！饺子就是烟台老乡传到那边去的。

听林宏荫讲话有点费劲，可是他更听不懂老师们在讲什么，痛苦极了。那时候台湾的教师，多数从大陆四面八方来的，各有浓重乡音，他们上课时大声讲课，腔调个个不同，还自以为是在讲国语。林宏荫从此就逮住我不放，经常问同样一句话："老师刚才说的是戏么（什么）？"

口音最重的是游锦荣老师。他年轻，浑身是劲、头发茂密、戴深色框子的眼镜、目光锐利、讲话快速、声音有点尖，总是穿一身灰色中山装，左上衣口袋插了一支自来水笔。第一次上算术课，他先在黑板上写了"算术"两个大字，游老师就以一口福州腔大声地说：

"同学们，算术是科学的东西，科学是最伟大的学问！算术也是最容易的东西，只要按部就班地跟上来，每个人的数学都会很好。"

他把东西的"西"字发出hee的音，而且拖得很长。

上他的课不可能打瞌睡，因为游老师精力充沛，在讲台上左右不停地跑动，绝无冷场。他有时走到同学们的座位行列里来，兴奋的时候，还会跳得老高的，感染力强。班上每个同学的名字他第二天就完全记清楚，叫我们时不带姓的，只叫名字：显桢、子纲、正方、宏荫……开始时我们觉得有点肉麻，后来也就习惯了。班上有两位同学：周立、郑竖，当游老师叫着："立！"他们两个人都同时站起来啦！

游老师的福州国语委实太铿锵，语音特征有：un、ang不分，"帮帮忙"说成"班班蛮"；yong、yun不分，"拥挤"成了"运挤"；还有th的音，"学生"发音如hueo than，"小小的"成了thiu thiu的……几个星期下来，大家就很习惯他的福州腔了，下课时还互相比赛，看谁的福州国语讲得最像游老师，特别好玩。很快的，班上有不少同学的福州腔国语都说得不错，不时以它来互相笑骂打趣。

林宏荫和游老师的渊源最特殊。宏荫一家人刚来到台北，住在厦门街，林爸爸人生地不熟，几个小孩安排到哪里上学呢？某日林爸爸搭火车从基隆回台北，旁边坐着一位年轻人，就是游锦荣老师。两人攀谈起来，知道林先生正在为子女入学的事伤脑筋，游老师热心，说："我在国语实小教书，先送你的大孩子过来吧！"

林宏荫就这样来到我们班上就读，后来他的几个弟妹也都上了国语实小。

五年级的算术，已经不很简单了：鸡兔同笼、有余不足、最大公约数、最小公倍数……搞得大家头昏脑涨。游老师有耐心，一遍一遍地为同学讲解。鸡兔同笼由他来讲就好像挺容易似的，改作业也特别认真，一点点小错游老师都挑得出来。有时候算术考试的题目太难，多数都考得不好，他再出了几道题目，叫同学带回家做，改天交上来可以加分数的。

以前我最不喜欢算术课，半个学期以后成绩好像有点进步。但是我发现游老师的语文不是特别厉害，有一次他代上国语课，把"趋"字念成了"邹"，但是我没同任何人说过。

中山堂表演"满江红"

早年台北中山堂

　　游老师注重课外活动。他找来教体育的潘老师,组织"武术组"。潘、游二老师在福州是同学,毕业后一同来台湾教小学。他们教的拳法是"满江红":随着那首岳飞的《满江红》词,依照歌曲的节奏,从"怒发冲冠"唱起,一直唱到"朝天阙",最后双掌平行从上而下慢慢收式。可是那首《满江红》的老调子,实在不太好听,你看"怒发冲冠"那四个字多么有英雄气概,偏偏唱到"冲"字,音调就压到最低,这时候头上的"冠"又怎能冲得起来呢?

每天下课潘老师从一招一式教起，然后由游老师在一旁唱上一段配合演练。拳练得有模有样的了，校长很重视，特别过来看我们练习，然后宣布：十月二十五日光复节那天，我们去台北市中山堂表演这套节目，大家听了之后兴奋得半死。

这可是个大阵仗，当时的中山堂，是台北市唯一的大型演出场所，外国来的著名音乐家才能在那儿演奏！每次演出第二天一定上报，亲友们就全知道了，那才叫风光哩！我们这一群毛头小子，居然也能在中山堂的舞台上表演？

练习得愈加频繁，要求愈严格。演出舞台不是很大，人多了摆不开，选出九名表现好的小朋友，我也侥幸入选，是站最边上的那个第九名；我们的个子一律矮，游老师说个子高站在舞台上不好看。江显桢当然是首选，他排在队伍中间，两旁的同学要跟着他的动作走。

在中山堂彩排，游老师弄来一台留声机，唱片中有男中音唱的《满江红》，九名细胳臂细腿的小学生，这才头一次跟着留声机的音乐打完一趟拳。游老师要大家不用担心，正式演出的时候他在后台管留声机，保证一切都不会有问题。

演出之前，大家挤在后台等候，又紧张又热。前个节目的幕落下来，我们赶快在台上一字排开，主持人报完节目，布幕拉起，台下乱哄哄的，坐满了人。雄壮的男高音唱起："怒发冲冠，凭栏处、潇潇雨歇——"，我们跟着江显桢举手投足地打起拳来。最关键的地方在"仰天长啸，壮怀激烈"的那个节骨眼儿上，大家要同时踢高左腿，双手在脚尖一点，再旋转身子飞跃踢腿，然后右手用力拍在踢出去的左脚上；动作必须整齐，拍脚的声音也得一致，不能此起彼落的。我们在练拳的时候，潘、游二老师曾经一再叮嘱，反复操演。

唱到"仰天长啸"了，每个人站的位置都准确，然后一齐飞起左腿，右手迎上去，动作划一，只听见一声响亮清脆"啪"的一响，棒得很！台下有不少人鼓掌，这回真的没有辜负二位老师的期望。

可是到了"靖康耻，犹未雪"的那段，留声机突然变调了，男高音的声音降了下来。我看见江显桢的动作愈来愈迟缓，大家的动作也前前后后零零落落的不大整齐。就听见后台有人快跑，然后留声机的声音才恢复原状。我们后半段的演出，远不如开场那几下子漂亮。

第二天我在《国语日报》图书馆，翻遍了每一份报纸，只找到一块小豆腐干大的篇幅，报道昨晚中山堂有庆祝光复节的表演，根本没提到我们表演的"满江红"。

事后游老师向大家道歉，他说："诸位同学在中山堂的表演都非常好，打九十五分，只有我这个管留声机的不及格，忘记把发条转紧，很丢脸！"

老式留声机不是电动的，要随时注意转紧发条。后来潘老师经常拿这件事嘲笑游老师，两人就用福州话不停地互相消遣对方。

第二个学期开学，好几位国语实小的老师都没有出现：包括了教务主任苏老师、游老师、潘老师等。我问父母亲：

"为什么游老师不在国语实小教书了？是因为我们在中山堂表演的时候，他没有转紧留声机的发条？"

突然爸妈的表情紧张，同时厉声呵斥：

"小孩子不懂的事就不要乱问！"

不敢再问。很奇怪耶！平时要求我们兄弟俩有不懂的地方马上就问，以免后来会想不起来。有一次偷听父母轻声讲话，隐约知道那几位老师都受到某个"匪谍案"的牵连，从此下落不明。

父亲多喝了几杯老酒，往往兴致非常高，谈起过当年国民党清党^①的时候，他险些被青帮弟兄丢进扬子江的故事：

"当年蒋先生发动清党，要去除国民党内的共产党员，任务全交给了青帮。那些江湖弟兄，哪里分得清谁是共产党员呀？他们看见穿着中山装、口袋里插着一支自来水笔、走路讲话挺精神的青年，就不由分说从后面一记闷棍打晕，套上个麻布袋丢进扬子江里去。唉！不知道有多少年轻有为的小伙子，就这样做了扬子江底的冤魂。

"那一年我去武汉出差，才二十啷当岁儿，浑身是干劲，甭提有多帅多精神啦！"

"您也是穿中山装、口袋里插着一支自来水笔？"

"当然啰！穿长袍多不方便哪！办完了公事在街头逛着，就觉得老有个人在后面跟踪，猛地回头去看，那人就快快地闪过去不见了。后来又有三四个人跟上来，愈追愈紧，我加快脚步，他们也马上紧跟上来。转进一条小巷子，蹲在一个人家的门口的树丛后面，他们看不到我还是不肯离开，就来来回回地在巷子里

---

① 宁汉分裂，1927 年国民政府北伐期间，国民党内部以南京蒋中正为首的清共势力与武汉国民党汪精卫领导的容共派分裂。南京旧称江宁、武汉简称汉。蒋的"清共"行动交青帮帮会主持，大规模逮捕、杀戮中共党员。当时被误杀误捕的年轻知识分子，据说有十数万或数十万人，但没有正式的统计数字。

转。身子背后的门突然打开了，一个中年人招呼我进去。"

我们兄弟对这个故事已经相当熟悉，趁着爸爸嘬口酒的时候，老哥接过来说：

"那人是个西装裁缝。"

爸爸嘬酒很使劲，又是清脆的"啧"地响一声：

"对啰！他开着一间裁缝铺子，带我上二楼的储藏室躲了起来。"

"在储藏室躲了两个礼拜，他们每天还做饭给您吃。"

"是呀！那一家子真是好人。后来他告诉我风声没那么紧了，可是最好等到天黑了再离开这里。告别的时候他问我：'王先生，你是我们的同学吗？'你们俩懂这个意思吗？"

"想知道爸爸是不是共产党员，当然不是，您在民国十二年（1923）就加入了国民党。"

"他们给我换上一套普通老百姓的衣服，叮嘱我快点离开武汉。到现在我也没机会谢谢那一家子，没问过也不知道他们的名字，人家是干秘密工作的，就是问了，他也不会告诉我真名实姓。"

我一直怀疑游老师会不会被人打了闷棍，然后把他套进一口大麻布袋里？做过好几次同样的噩梦，非常恐怖地醒过来，就再也睡不着了。

后记

数十年后不少台湾的"匪谍案"公开了。查到苏主任确实曾被捕判刑，入狱七年。某次在《国语日报》编纂的"国语辞典"上，见到苏主任的名字，出狱后他曾任辞典编辑之一。但是直到现在，还是查不到游锦荣老师和潘老师的资料。

哥哥在建国中学F班的日子

1948 年前的台北建国中学大门

　　哥哥在建国中学上的是初中一年级F班。他第一天放学回来就努着嘴不高兴，他说A班才是最好的一班，F班是临时凑出来的，全是外省子弟，班上同学的年龄差距不小，大个子的坐在后排，上课时互相大声讲话，吵得要命，他们都十五六岁了，每天讲男女之间的事情。上课的时候，台上台下同时讲话，这个学校哪里比得上他在北平上的北师大附属中学呀！爸爸说："这是日据时代台北最好的中学，现在大陆撤过来的人太多，突然要接纳那么多学生，会乱一阵子，等局面稳定了，一切就能上轨道。"

F班上的故事真多。有位上海来的同学，讲话完全没有卷舌音，在周记上把"擦屁股"写成"插屁股"，老师指正他的错误，班上嬉笑作一团，下课后同学们拿着短树枝频频戳他的屁股。

教他们生理卫生课的女老师既年轻又时髦，坐在后排的大个子老是问奇奇怪怪的问题：

"做了什么事就会得梅毒、硬下疳，那都是什么病？"

女老师不做正面回答，说这些你们以后就会知道。讲到某种皮肤病叫"末端肥大症"，有个大块头在座中喊道："我每天早上都得这个病。"

他们举手继续问问题，然后哧哧地偷笑。简直教不下去了！幸好下课铃响，替老师解了围。

又有一次上生理卫生课，几个大个子在后面低下头不知道在玩什么好玩的，叽叽嘎嘎笑成一团，根本不听课。老师多次叫他们静下来，无效。漂亮女老师生气了，走到教室后面看这几个调皮鬼在搞啥名堂，只看了一眼，脸就刷的一下子变得通红，快步走回去，喘着气，好一阵子说不出话来。原来他们那几个大个子，坐在后排，各人掏出硬邦邦的"那话儿"来比大小。

级任导师潘子章，面对这一班南腔北调、活动力强、程度参

差不齐、不懂规矩、不肯听话的男孩子，开始的时候也是一筹
莫展。潘老师口音标准，教学认真，态度和蔼不发脾气，有耐
心，头头是道地同这群皮孩子讲道理。他把那几个在后座的大个
子，个别地叫到办公室谈话：上课要有上课的规矩，这里虽然是
个男校，也不可以解开裤子胡闹。上次没有逮到你们，也没有事
先同你们讲明白这些规定，下次如果再发生这样的事，依照情节
的轻重，至少记两次大过，甚至于退学。潘老师基本上能镇得住
他们。

初一 F 班的同学只是爱胡闹不用功读书而已，当时建国中学
的高中部不时发生械斗事件。有个吊儿郎当的富家子，穿着上好
料子的卡其布制服，把大盘帽弄得歪歪趴趴的，很帅气，同学们
跟着学；他随身老是带着一把亮晶晶的匕首；在班上结党成派，
上福利社请客，出手大方得很。

某次在红砖大楼的二楼走廊上，富家子与一位同学发生口
角，互不相让。没想到他突然掏出匕首来，对方并不示弱，冷笑
以待，说："有种的你就砍我呀！"

嗖地一刀划过去，那同学的脸颊上见血。一个逃命，一个持
刀紧追，走廊尽头无路可走，逃命的纵身从二楼跳下去，落在草

地上一个翻身就爬了起来，富家子也一跃而下，挥刀继续砍。

草坪刚刚有工人割过草，一把锋利的镰刀就躺在草坪上。受伤的同学抓起镰刀，转过身来就与富家子放对，互相虚砍了几下。兵器的长短起了决定性的作用，富家子连连倒退，还是被镰刀划开了上嘴唇，鲜血如注地流出来，他捂住嘴拼命地跑出校门去。据哥哥说，富家子自此没有再出现过。

初一下学期开学，F班来了一名新同学，轮廓深长相帅、个子高大，坐在后排，他的名字是蒋孝文（蒋介石的长孙）；上学时有随从在校园不远处走动。蒋孝文在课堂上很安静，下课时和同学有说有笑的。他跟同学穿一样的学校制服，只是他没有跟其他同学一样剃光头，蓄了一个短短的小平头，因为身份特殊，没有老师管他的发型。

植物园门口有卖芋头冰淇淋的小摊贩，爱吃冰淇淋的同学多。在那个年月，多数学生上学只带个午餐饭盒，口袋里分文也无，土冰淇淋不贵，但是有钱能买来吃的人毕竟是少数。孝文知道大家喜欢这东西，经常私自溜出校门，买了很多份冰淇淋回来请大家，吃得开心，人缘挺不错的。

有一天蒋孝文突然不来F班上课了。同学们传言：有些高年级同学看他不顺眼，时常对孝文恶言相向，怒目而视的。有一天他的随从没来学校，某高中同学与他互相骂了起来，约好去植物园比画。据说那天在植物园里，蒋孝文双拳难敌四手，吃了闷亏，被剋得很惨。后来孝文转到成功中学就读。打架肇事的高中学生被捕，下落不明，不知道后来怎么样了。究竟是怎么一回事，到现在它也仅属传闻，谁也说不清。早年的台湾就是那样：流传的消息非虚非实，亦真亦假。

台湾最早的外省青年帮派名"十三太保"，比"竹联帮""四海帮""血龙帮"等要早得多。当时建国中学就有好几位学生忝列"十三太保"的行列，有"二太保"李同学，还有一位刘同学，是"十三太保"的老幺，他孔武有力、武术底子强、胆子大，械斗时乱挥日本军刀，杀进杀出地闯出了威名，单凭一个"狠"字！

开始的时候哥哥在 F 班的成绩还算是个好学生，因为他在北平上最好的中学，最好的班次：北师大附属中学初一甲班，底子不错。插班就读这个 F 班之后，他根本不念书，每天看小说、下象棋、下课后去"国宝邮票社"看邮票。日子一久就有点撑不住了，国文、历史、地理几科就靠着自己阅读、写作的能力比较好，考得还算可以，其他科目如英文、数学等就愈来愈糟。

头一次发现老哥的数学不及格的人是我。那时候我们穿的内裤，都是用美援面粉口袋拆开缝制的，哪里有松紧裤腰带?! 就把裤腰缝成小夹层，将一根布条子穿过去当裤腰带。

某日我帮着收脏衣服，发现老哥的一条内裤裤腰带的某部分，有块鼓鼓囊囊的东西，慢慢抠出来看，是他的一份数学考卷，做错了很多题，得分56。考卷应该是带回家来给家长盖章后，再交回去的。这个分数实在难看，他大概决定先藏起来，然后又把它给忘了，遭到被我揭发的下场。

我也没存好心，因为我们家的好学生典范永远是我老哥，多少年来受够了这份压力，父母亲教训我的时候，一律拿哥哥做榜样："你看哥哥考得多么好，人家不像你这样没出息：生平无大志，但求60分！每天就顾着贪玩，不专心用功……"

说教下去没完没了。这回翻出个五十六分考卷的铁证来，比我的六十分还不如，着实大快人心，吐了一口胸中郁闷良久的怨气。

老马叔叔·哥哥出走

哥儿俩刚穿上新球鞋，坐在高处摄影留念
（1951）

哥哥的数学不及格怎么办呢？爸爸说他找来一位数学挺棒的老师。某日，《国语日报》的校对，马学枞叔叔来我们家吃晚饭。马叔叔也是从北平来的，我们跟他太熟了，中年人，但是看着比较老气，头发花白，脸上有些皱纹，好像嘴里已不剩几颗牙齿了。

去报社总见到马叔叔坐在编辑部的尽头，忙着在那儿低头看稿子，用红笔圈出稿子上的错字来。我过去跟他闲扯，他抬起头来一脸笑容，笑起来眼角皱纹挤出一大堆来。他也喜欢同我们这些小淘气说笑，声音低沉，一口纯正的北京口音。老烟枪，一根接一根不停地抽烟。

我常去《国语日报》的编辑部阅览室翻阅书报杂志，先看新到的杂志，经常读到许多有趣的文章，能增长知识；接着看好几份报纸，连分类广告也会仔细看。一直见到报上有很多"精改包皮"的广告，用词大同小异，第一句都是：

"包皮过长之害，早为世界知名人士所公认……"

什么意思？问那几位年轻编辑，个个都嘿嘿的笑而不答。再去问马叔叔，老马也在那儿嗓音低沉地呵呵笑了一阵子才说："印错了，是修理皮包的广告。"

我再用心地看那种广告，又问马叔叔：

"不对呀！怎么每个广告都印错，而且每份报纸错的都一样，印的就是精改包皮耶！"

马叔叔张开嘴抽着气地笑了起来，这回看清楚了，他满嘴只剩下三颗牙，他说："回家问你爸爸去。"

晚饭过后，爸爸和马叔叔面对面地喷烟，说今天请他吃饭是为我这大小子的数学，得麻烦你帮个忙给他补习几次。马叔叔摇着手说：

"我的数学早晾在一边多少年了，哪儿还行呢？"

副社长请吃饭，当面提出了要求，怎么好推辞？马叔叔答应先借哥哥的数学教科书回去读一下子，过两天再跟副社长回话，看看自己还能不能混充个数学老师。以后马叔叔经常来我们家吃晚饭，饭后就和哥哥一块儿做数学，有时候做到夜里九点多，他才回员工宿舍去。

多年后哥哥追忆往事，马叔叔为他花了许多时间补习数学，他说："老马的数学真的不错，口齿清楚，条理分明，三言两语就能抓住要点，一下子我就明白了，他比很多数学老师强得多了。只是每次借我的数学教科书回去看，他看过的每一页，都被烟灰烧出好多个小窟窿来。"

经过那段时间的紧密补习后，老哥的数学方才跟上了进度，暂时免除了留级的可能性。

老哥升到初中二年级下学期，F班同学的人数稳定下来，好几个坐在后排捣蛋的大块头都转学了。可是上学期的导师潘子章没再出现，同学们都挺怀念他的。最主要的是潘老师的口音正，讲课大家都能听得懂。

其他老师各自带有浓厚的乡音，开心起来说话速度飞快，一班学生都傻了眼。通常要经过几个礼拜之后，同学们才逐渐适应个别老师的乡音。

同学们怀念的潘子章老师去了哪里？议论纷纷，听到传言：潘老师回了大陆，他本来就是个共产党员；又有人说：潘老师被调查单位请去谈话，以后就没有他的消息。

新来的F班级任老师教美术，讲一口江浙话，有时候语调铿锵，听着像是蒋中正在读元旦文告。两个星期之后，我老哥就下了结论：这个老师的程度不行，因为有一次他代课教地理，就照着课本念："武汉的地理位置重要，控有了通往九个省份的必经之道——"；他把"控"读做"腔"；"——古来就称之为'九省通衢'——"，那个"衢"字又念成了"翟"。同学们问问题，他答不上来，就说：

"这么多问题，可是我只有一张口巴——"

什么话，连"嘴巴"也说成"口巴"！又算是哪一门子的老师呢！

又碰上"舟山撤退"，共产党军攻占浙江舟山群岛，数万军民从舟山大陈岛撤到台湾，分配在各学校的教室暂住，建国中学停课很久。老哥每日不必上学，在各处闲逛，书店看闲书、邮票社研究集邮，开心至极。几个星期后恢复上课，老哥的数学又在及格边缘上浮沉。没别的法子，老马叔叔每天来我们家便饭，饭后和哥哥一块儿做数学，暂时稳住了局面。

更严重的是老哥正进入他的青少年叛逆期，对什么都看不顺眼、态度不逊、言语多带有侵略性、烦躁没耐性、脾气超大的，怒火随时就会燃起。父亲说：

"这孩子怎么老是有一腔乖戾之气?!"

青少年成长期的叛逆问题，早年在台湾还没有人注意或讨论它。谁家的孩子不听话，是因为父母太忙了，缺乏管教，等他长大了就会好的。爸妈的确都很忙，而且哥哥一向都是模范生，学业、操行样样都好，双亲经常拿他在亲友面前夸奖，作为鼓励其他小朋友的学习标杆。可是我老哥的那一腔乖戾之气，又是从何而来的呢?

某个晚餐前，不知为了什么小事，哥哥与母亲顶嘴，言词愈来愈激烈。妈妈生起气来就坐在屋子里不肯出来，晚饭时间到了，父亲是不能饿的人，叫大儿子快去屋里向母亲道歉，请她出来用饭，大儿子根本不予理会，父子二人就互相吼叫起来。日本房子没有隔音效果，爸爸说一句，老哥就蛮横地顶回去一句，话挺多的，而且愈说愈不堪。老爸气到不行，说：

"这简直是一言九顶（鼎）！"

母亲在里面完全听得清楚。纸门唰的一声拉开，母亲手持着一只巴掌长短的十字架，冲到哥哥面前，突然双膝跪下来说：

"我忏悔、我忏悔，我向天主忏悔，我没有生下一个好儿子来，我罪我罪告我大罪！"

这个景象真的吓坏了大家，我失声哭了起来，哥哥的脸部表情带着恐慌、惧怕、困惑，也有快要哭出来的样子。不知所措的他，扭过身子跑到玄关去，踏上一双木屐冲出大门。隔了一会儿我跑到门外，看见他身着背心、一条面粉口袋做的内裤，微弱泛黄色的路灯灯光照着他的背影，在巷子的另一端消失。

我们三个人默默地吃饭，心里都在嘀咕，这人到哪里去了呢？不要紧，他肚子饿了自然就会回家的。

已经很晚了，哥哥还是没回家。父母亲不约而同地开始着急，频频问我，他平时比较要好的同学有谁，他们住得远吗？父亲当机立断，雇了辆三轮车，请来了同我们家最熟的杨阿姨带着我去找他。我尽着自己所知道的，想出来好几个他同学的地址，家家挨着门去问，一律无功而返。杨阿姨累坏了，她说这件事可不得了，应当马上去报警。

十二点都过了，正讨论这么晚了该去哪个派出所报失踪人口，就听见大门口有窸窸窣窣的声音，疲惫不堪、苦着张脸的老哥，手中提着双木屐，光着脚走进来，双腿遍布红肿块。大家顿时都松了口气，大人没有说话，母亲低声告诉我：厨房里有剩菜剩饭。我转告了他，老哥依旧绷着脸，一语不发，去厨房里站在那里大口地吞咽冷菜冷饭，看来他是饿坏了。

第二天放学后，我问他昨晚跑到哪里去了，他没好气地说："穿内衣裤、一双破木屐、口袋里一分钱也没有，又能去哪儿？就在植物园里乱逛生闷气，被黑蚊子叮得浑身是包，一只木屐的带子又断了，只好打着赤脚走回来。以后不能这样毫无准备地离家出走。"

我的一九四九年

抗战时期中国大陆的话剧表演最受欢迎，据说有八个著名的话剧团，在大后方各地巡回演出，多数是在乡间搭个戏台子就开场了，来看戏的老百姓带着小板凳，戏台周围遍地坐满了人。

父亲曾经是某抗日话剧团的团长，率领剧团跑遍了湖南、江西一带，剧目有老舍的剧本《国家至上》、曹禺的《日出》、著名的街头剧《放下你的鞭子》……宣扬抗日救国、打败帝国主义者的侵略。记得小时候在大陆，看过他那个剧团演出的戏，爸爸不是导演或演员，有时候他会在幕后帮着说一两句台词，可我们一听就能听出是他的声音来。

第三抗日剧团在国共内战激烈的时候来台湾演出，局势变化太快，第三剧团就在台湾留下来了。老爸与第三剧团团长董心铭是老朋友，团员陈曼夫、傅碧辉过去是爸爸那个话剧团的演员。第三剧团在中山堂演出，我们家总会有几张入场券，兄弟二人一定不会缺席。如果卖座太好没座位，我们就靠在剧场墙边、蹲在舞台前面或在某个角落里看完这出戏。

在中山堂看过好多令我至今难忘的好话剧。有古装戏《文天祥》；服装布景很考究，音响效果震撼有力，演员声音洪亮清晰、发音正确。《文天祥》中有一场戏，至今还留给我极深的印象：后台做出由远至近的声音效果，他们轮流喊着："文大人到！"文天祥全副戎装上场，和众将官说了几句话，突然拉开马步拔出亮闪闪的佩剑，下令：

"明晨五鼓，兵发临安！"

一时台上和台后的鼓声震天，刹那间全场灯光齐灭，太屌啦！

剧团中有名演员张方霞，当家女主角是傅碧辉，傅阿姨的先生陈曼夫是个硬里子好角色。父亲说陈曼夫别名"老狗"，他的台词功夫最深。老狗在时装剧《原来如此》中演一个流氓，压低了嗓子却中气十足地说："老瘪三，我告诉你说，明天你就得给我搬出去…"

几句话说得清晰、沉稳、有力，一字一字地送出来，传到全场上千观众的耳朵里，连句子的逗点都到位，既自然又传神。那个年月小蜜蜂麦克风还没有发明，舞台剧演员全靠丹田之力来发音吐字的。

多年后我从事影剧工作，深深感觉时下一般演员的语言能力偏低，口齿不清、发音不正、谈吐无层次。如果偶尔悲伤起来，就像头小猫小狗似的呜呜咽咽，根本不在说人话，谁也搞不清楚他在闹什么情绪。演员说台词就该像陈曼夫那个样子去发音吐字才正确，但是不曾亲耳听过老狗说台词，我又没那个功力，学也学不像，简直就无法用其他方式来说明白。陈曼夫英年早逝，如今知道他的人不多了，他的那个舞台语绝活儿，早已成为绝响。陈夫人傅碧辉，日后在许多著名的电影和电视剧中演出，是海峡两岸家喻户晓的优秀表演艺术家。

名剧《董小宛》在中山堂盛大演出，特请当时台湾的第一美人、电影明星夷光领衔主演，演冒辟疆公子的是名演员王珏。抱着颇大的希望去看戏，看完了有点失望，因为我们哥儿俩都听出来那位董小宛的台词发音太不标准。李香君是董小宛的"闺蜜"，姊妹淘互相调侃时，董小宛称李香君为"香扇坠儿"，可是第一大美人说成了"香散蕈尔！"实在离谱！

我们一同向父亲报告了这件事，老爸摇头叹气说：

"我还给他们开过好几次的演员正音班呢！几乎所有的演员都来上过课，上课归上课，平时不好好练习正音，到了演戏的时候光顾着背台词、使劲做表情，每句话该怎么说，卷舌音、儿话韵、轻声变调全都不记得啦！自己的家乡话可不就都上来了？"

父亲常说起演员正音班上的趣事：学习最努力的是小生唐菁，他本是福州人，最严重的问题是en、eng不分，还有an、ang不分，但是他认真地去矫正，后来唐小生在电影里都是自己配音，字正腔圆的。但是我在一部片子里听到他的一句，应当说："姓康的——"，他说成"信堪的——"，不小心露了福州口音的馅儿。

咱们的河北老乡电影明星张仲文，绰号"小辣椒""性感尤物""最美丽的动物"等，她口音最正，挑不出毛病来。有一天父亲回家吃晚饭，兴冲冲地说：

"今天穿的这套衣服可不能洗了，我刚才和张仲文挤一辆三轮车回来的。"

演员正音班下了课，张仲文就过来问爸爸：

"王老师您住在哪儿呀？能不能跟您搭个便车？"

当然可以，就这么一块儿坐上三轮车了。

"呵！她一路上可能说了，真是的，她活泼，乐观、人长得真叫漂亮——唉！健康就是美。"

兄弟二人低下头忙着扒饭吃，没人敢说话，因为此时母亲的脸色开始发绿。

杨大伟来找哥哥，邀他一起去看刘一达的爸爸。是个星期天的下午，闲在家里无聊，我吵着要跟了去，哥哥不太高兴，因为我老是爱当他们的跟屁虫，拖拖拉拉的在后面很烦人。最后他勉强同意，提出条件：

"见了刘伯伯不准提'刘一达'这三个字。"

他们三个是北京师范大学第二附属小学的同班同学，巧的是三家人都要去台湾，哥儿仨约好了到台湾再相聚。刘一达的父亲早就来台北了，安排好家眷乘太平轮开往基隆，结果太平轮在舟山群岛附近海域与一艘货船相撞沉没，船上无一人获救。

杨大伟最懂事，他总是主动来约哥哥去探望好朋友的父亲。我们要走到浦城街，路途相当遥远，三双木屐（我们叫它呱嗒板子）此起彼落地敲打在大热天的柏油路上，我快走不动了，他们不耐烦地回头催我，我见状跑上两步，还是跟不上。

马路两旁有两层楼高的大王椰子树，像威武的卫士沿路站岗。一辆牛车在我身旁缓缓而行，赶车的用大斗笠盖住脸，靠着车身睡得很熟，老牛摇着尾巴赶苍蝇，一步挨一步地比我走得还慢。牛车到了十字路口，有辆汽车冲过来，按喇叭警告牛车，车夫忽然惊醒，他把乌黑的赤脚往前一伸，正踹中了老牛的卵孵，老牛不情不愿地跑了几步，顺利走过十字路口。马路上没有什么车辆，蝉声不绝。

刘伯伯拉开纸门，让我们进去。一所不小的日本房子，他大概刚刚睡完午觉，双眼有点浮肿。席地而坐，刘伯伯拿出来许多糖果花生，面对这三个小男孩，他的话不多。我答应过不乱讲话的，就专攻花生米，后来觉得嗓子发干，又没水喝，再也咽不下东西去了。

杨大伟是个小大人，才会讲话呢！不停地嘘寒问暖，礼数周到得像个北京老太太，就是不提刘一达和他的母亲。刘伯伯那年大概有四十多岁吧，看起来很没精神，佝偻的身躯背对着窗子，他多半是用单字来答话："嗯、对、好。"

下午的阳光慢慢在移动，最后照在刘伯伯的后脑勺上，花白的头发晒得一根一根地竖立起来。他突然使劲地搔了一阵子后脑勺，扬起来的头皮屑散在一束阳光中，不断地跳跃、扩散。

回家的路上，谁也不愿意说话，觉得路程比去的时候远了好多，呱嗒板快跟不上脚了。

《国语日报》在1948年10月25日台湾光复节出版创刊号，过程辛苦。报社里唯一办过报纸的人，就是我爸，他在北平办过《国语小报》。这个报社经费不足，人员凑不齐，里里外外大大小小的事他都要管。在那段日子里，父亲每天忙到天昏地暗，创刊号如期问世，他的腰围瘦了一圈。我很兴奋地拿着一份创刊号，它只有小小的一张，一下子就看完了，我问爸爸：

"怎么我们的报纸比别家的报小呢？"

"小孩子懂什么，"爸爸说，"语文教育是神圣的，带注音符号的报纸，全世界只有这一份。"

我不懂那么多，但是我知道《国语日报》与众不同。

爸爸天天伤脑筋，报纸刚刚开始发行，知道它的人不多，销路一直打不开。记得爸爸每天为了报纸的销行量发愁，常常自说自话："今天才卖了多少份儿？唉，哪儿够呢！不过还行，比上个礼拜强多了。"

又接到"教育部"的通知，公家不再拨经费，《国语日报》以后得自谋生路了。其实那个"公家"只发了金圆券一万元，金圆券贬值得很快，早就花光了，《国语日报》刚刚开办就面临关门破产的危机！经过多重努力，报社接到一笔大生意，台湾省教育厅要印三十万册每个字都带有注音符号的《三民主义》《建国大纲》等等，当时全台湾，不，全世界只有国语日报社能够出版印刷这样的书；王副社长从北平带来的那套笨重的注音符号铅字铜模子，派上了大用场。印书的进账让报社继续撑了下去。

《国语日报》经过了重重困难，好不容易熬过了头一年。周年庆快到了，爸爸说：

"咱们虽然穷，还是得好好地庆祝一下。再怎么样也得热闹一下子呀！"

植物园里有另一个机构：台湾制片厂。父亲认识台制厂的厂长袁丛美导演，商量好借用他们的摄影棚办餐会。当晚在棚内摆了十多张圆桌面，设置了一个小舞台，扎起彩带气球，大人小孩都坐满了。

典礼开始，几位伯伯在台上讲话，爸爸的声音最洪亮，他感谢大家一年的辛苦工作，我们的语文教育必须继续下去，《国语日报》是世界的唯一，会愈办愈好的。又讲了几个在我们家都听过多次的老笑话，大家却笑到不行。

爸爸说："报社一年来不富裕，今天的餐会很简单，没有大鱼大肉，为大家提供我童年最喜欢吃的年菜。小时候在河北老家过年的时候才吃得到，我们就吃这个，今天晚上敞开来吃，保证够吃，也保证好吃，谢谢。"

每个桌子中间有一只大脸盆，里面是：大白菜、粉条、豆腐、萝卜和块状的五花肉熬成一锅，就这一道菜。

出生在华北农村的父亲，童年经历过多次饥荒，奶奶用糠混入粮食做饼果腹，他们才勉强活了下来。爷爷给他儿子起的学名：寿康，因"糠"而延寿，提醒儿子莫要忘了本。小时候爸爸每天盼着过年，因为年菜里才有肉，他童年梦寐以求的"肉"，就是这个大脸盆里连皮带肥肉，煮到硬得咬不动的东西。

父亲安排的北方年菜很不叫座，剩下来一大堆。但是没人离席，庆祝会很好玩，余兴节目有合唱，口琴独奏、合奏，老爸吹奏洞箫——就那几支曲子：《苏武牧羊》《木兰辞》，还有唢呐表演，魔术表演。夏一子在现场满处地窜，拿着别人的乐器试吹，口水喷了一大堆，一个声音也吹不出来。

最精彩的节目是总务处崔淑秀阿姨的模仿表演；她学着社长、副社长、总编辑等人走路、说话的神情、独特的笑声、抽烟的姿势、上下自行车的模样，惟妙惟肖，她的表演天才令人叫绝；边表演边叫人猜。年轻的羊汝德编辑最投入，猜中了大部分崔阿姨模仿的人物，台上台下互动得非常热烈。

最后有摸彩节目，爸爸得到一把梳子，可是他的头发已经掉得没有多少根了；编辑部的马学枞抽到一把牙刷，然而老马的牙齿只剩下几颗，倒是有满头的花白头发。王、马二人当场交换奖品，全场鼓掌，皆大欢喜。后来有人将这段插曲画成了漫画，刊登在某一天的《国语日报》上。

爸爸说："咱们这个就叫作穷开心！"

课堂上母子混战

母亲是台湾知名的女书法家，经常在电视台
现场挥毫（摄于 1970 年代）

　　母亲在国语实验小学教美术，只须每星期上几堂课，这个工作比她抗战时期在战乱中办学校，要轻松得多了。她上课时戴着一副银丝边正圆形眼镜，拿着一支教鞭，态度一贯严肃。先教学生用铅笔画线条、直线、横线、斜线、圆圈等等，要画好几页每周交上去。她还教我们用"透视"的方法做观察：闭上左眼，伸直右臂，右手握住一支竖立着的铅笔，以右眼观察前方的静物，这样就能看得到静物的立体形象来；写生的时候就按照观察的立体形象来画出它的远近大小。数十年后，凡是母亲在国语实小教过的学生，都记得这两样事。

邻座的女生叫"狐狸精"，绰号当然是我取的，后排的大男生公认她是班上最漂亮的女生。狐狸精最会向老师撒娇，上课不守规矩，总是不举手就发言，但是从来没被罚过。这人天生爱抱怨，开了窗嫌风大，关上窗又说热。半个学期过去，大家的福州国语已经朗朗上口，狐狸精还在那里说听不懂游老师的怪腔怪调，简直胡说八道，所以我不大喜欢她。

有一次上图画课，发现狐狸精在一沓纸上画线条，画得很用力，又不停地整理那一沓纸。古怪咧！原来她铺上六七页复写纸，夹在多张白纸中间，在那里使劲画，每一笔都画得很重，好几次用力过猛崩断了铅笔头。这样子画只要画一张就做好了几页的图画作业了。

我低声说："你以为自己很聪明，这样子画当然很省事，但是我要告诉老师。"

狐狸精慌乱地想盖住那些纸，哪里来得及。然后我看见她眯起眼睛对着我美美地笑起来，她忽然变得真好看；又听见她低声柔柔地说：

"你不会告诉曹老师的，是哦?! 不要告诉曹老师喔! 好了哦!"

听得我心里酥酥麻麻的。当然不会,谁叫她笑起来是那么好看呢!狐狸精并不常常对我笑或轻声讲话,通常她还是凶巴巴的,脸也很臭。然而后排大个子们讲得有点对,她真的是班上最漂亮的女生。后来我对狐狸精开始有了点好感。

透过复写纸画出来的线条是蓝色的,怎么混得过去?学生的作业太多,母亲大概没有仔细地一张张去检查,也可能妈妈年纪大了,她那年已过五十,开始有老花眼,分不太清楚颜色?

曹老师带我们全班去植物园写生,每人画一棵大王椰子树。我们几个顽皮鬼到了植物园就不见人影,东奔西窜地玩起游戏来。一节写生课很快就结束了,光顾着玩耍却没画什么出来,怎么交代?

林宏荫的美术天分在班上属顶尖的了,曹老师屡次给他最高分。每次出外写生,林宏荫就很认真地在那里画,画得又快又好。焦急之余我发现宏荫画了两张,线条和颜色都很秾人,我说:

"多的那一张就给我吧!"

"不好耶,让曹老师发现了怎么办?"

"什么呀？大王椰子树长得都是一个样子的。"

他给了我一张他觉得画得比较烂的，但是我看那张也画得挺好，快快地把自己的名字写上交卷。

下个星期的美术课，母亲发回每位同学的写生大王椰子树，她一张张地做了讲评，当然又是林宏荫画得最好，得了甲上。我在座中暗自期待，那么宏荫画的另外一张上面有我名字的椰子树，至少也应该得个甲！

没料到母亲，不，是曹老师一脸严肃，大声叫我和林宏荫的名字，我们站了起来。曹老师询问我们两个人是否作弊，将林宏荫画的椰子树当作我画的？宏荫的脸一下子红得像猴子屁股，他哪里会说谎，急起来的时候就说烟台话，赖不掉，一五一十地就承认了。

可是母亲怎么知道的呢？她曾经说过每个人的画就和他的长相一样，没法子冒充的。曹老师训了宏荫两句，就叫他坐下去。我的案情严重，作弊是件大事，姑念初犯，整节课被罚站在墙角。糗毙了，特别是狐狸精老是朝着我这边看，脸上带有轻蔑嘲弄的笑容。

母亲这几天的心情一直都很坏，每天在家里念我；成绩不好、下课不回家，在植物园玩到天黑、睡觉前总忘了刷牙……其实这是我每天都在干的事，算不上什么重大过失。那阵子真正令妈妈不开心的是另外一件事。有传言：《国语日报》某女职员，胸部很大，经常到王副社长的办公室里去"塞乃"（日后我的台语大有进步，才知道台语的"塞乃"是撒娇，不是"塞奶"）。爸爸多次坚决否认："哪里有这种事情，我每天忙到喘不过气来，盖图章盖得我手指头快要肿起来了！"

我认为母亲找不到真凭实据，也是无可奈何，心情恶劣，就老在我这顽皮鬼的头上出气。

罚站罚到脚后跟开始酸疼，又不能讲话，我就和林宏荫、杨子纲他们打手势。这两个家伙在座位上也同我胡乱比画，看不懂他们是什么意思。彼此之间的手势动作幅度愈来愈大，全班都注意到了，先是偷笑，后来引起的笑声不小，根本没有同学在听曹老师讲什么。

母亲发现又是我在领头捣鬼，厉声申斥，要求全班肃静，接着又重重地说了我一顿。不知道为什么，我一时忘记自己是在学校的课堂里，突然使出平常在家里要赖的那一套来，坐在地上连哭带喊的，双腿蹬来蹬去，上演了一幕哭闹活剧！这是五六岁小孩的无赖把戏，我都快十一岁了。

同学们个个看傻了眼。母亲收拾好桌上的东西，深深地叹了一口气说："这节课我教不下去了！"

她提早下课离去。

当天晚上，父亲在家中将我痛加修理。没有体罚，那不是我们王府的传统，可是老爸的言语犀利，受到他严厉的口头责骂，可比挨打难受得多了。这是我一生中最丢脸的一件事，以后在狐狸精面前，根本抬不起头来。

后记

四十多年后，在美国旧金山湾区参加国语实小同学会。同班同学吕其康，记忆力超人，当着上百位校友就把我的那出"美术课堂上母子混战"过程，内容精确、巨细无靡地讲了一遍。事隔数十年，在穿越万里外的太平洋彼岸，小吕讲的这一段生动活泼，全场为之爆笑。这岂止是"坏事传千里"，此桩丑事横跨太平洋，已超越时空了。

张老师

四十多年后和张书玲老师合影

升到国语实小六年级乙班，级任导师是张书玲老师，戴着一副黑框大眼镜，一头长发垂到腰际，在脑后扎起一条又黑又浓密的大长辫子，忘了是哪位同学（多半是我）给她取的外号是："张大辫"，故意不念出来那辫子的"子"字。

第一天上课，张老师的表情严肃，立下许多规矩：在课堂上先举手后发言、作业准时交，迟交的扣分、做人必须诚实，不可以说谎……还有很多，事隔数十年也记不全了。

但是没有同学怕她，因为她很爱笑。常在课堂上乱讲话的就是我，每次趁机会胡说一句，惹得大家一片哄然。张老师也跟着笑，她略为丰满的脸庞，笑起来眼睛挤成两条细缝，然后恢复了几分严肃，问："又是谁不举手就发言？"

全班再一阵嘻嘻哈哈。

不用多久，张老师就把班上四十几个同学了解得很透彻。改选班长和其他股长，张老师提议由我来当康乐股长，顺利当选，可谓知人善任。

我最喜欢讲故事比赛，每回上去胡诌一段，大家都听得挺开心。瞿树元是班上品学兼优的顶尖学生，但是不太习惯在众人前讲话，有次上去讲故事，他嗫嗫嚅嚅地说："从前有一个人……下面没有了。"

老瞿就点点头回座位去，同学们都没反应，超尴尬的。张老师打圆场说："他讲得也蛮有哲理，人到了最后都会没有的。"老师接着鼓励大家要努力。

事后我问瞿树元："你讲的故事究竟是什么意思呀？"

"嗨！那是清朝纪晓岚的故事：有个太监堵住纪晓岚，非要他讲个故事不可，纪学士讲了这两句就走了，留下那个太监在那里发愣，然后才会过意来，原来纪学士是在消遣太监。"

听完了和他一同爆笑，我说："这姓纪的真缺德！"

瞿树元超级厉害，十岁就能阅读古文传奇，自修代数，和我们几个天分不甚高的小子下围棋，通常可以让四到八个子。

每天家里用人给他送午饭，饭盒讲究，上下至少三层，严严实实地紧紧扣住，最上层放菜、中间有汤、下层大盒子装的是饭。打开就羡死人了，热气腾腾香味四溢。其他同学的便当盒①，一大早就塞在书包里，中午拿出来凉兮兮、硬邦邦的。班上有同学说：

"瞿树元每天吃的是大便当饭、小便当菜。"

当年写作文、周记，都必须用毛笔写小楷，磨好墨摊开作文簿子，每个字工工整整地写在格子里，每周各写一篇作文、周记。上作文课我都不知道该写什么好，和邻座同学讲话、写纸条子传来传去、混闹，一下子时间过去一半，才忙着赶时间匆匆写去，墨色浓淡不一，字迹潦草，交上一篇了事。

张老师改作文非常仔细，她很细心地读每一篇、改正我们的

---

① 日本人称携带出门的饭盒为"便当"，台湾一直也用这个称呼。《水浒传》中有"弁当"一词，是随从用人的意思，可能"弁当"这个宋代用语传到日本，经过了本土化，称饭盒为"便当"，沿袭至今。

错别字，标点符号用得不对、文法错误、意思的颠倒不顺畅等，她都一一地挑出来，用红笔勾上，把正确的字和标点符号写在旁边，篇末总有一两句评语，还打上分数。若有一两句她喜欢的，就在边上打圈圈。得过不少圈圈之后，我就比较用心地写作文了。张老师每次发回作文或周记的时候，同学们都很期待，盼望着能得到比较好的分数和张老师的夸赞。

坐在我旁边位子上的同学名叫高准，他的作文很好，每次到下课时也写不完，张老师看看他写的内容，就叫他带回家去写完了再交上来，高准的作文每次都能拿八十几分的。我的作文和周记一般都拿不到好分数，因为我写小楷缺乏耐心，每个字大小不一，好多字会写到格子外面去，错别字也不少。不但如此，我的国语虽然比其他同学标准，可是有时候粗心大意，没看清楚那个字就胡乱念起来，念白字真的挺丢人的。

我在《国语日报》阅览室找到一本《东周列国志》，看得很来劲。高准也看过这书，两人就聊开了。当时东周北方的敌人是"犬戎"异族，屡屡入侵中国。我没有把"犬戎"两个字看仔细，就将它念成了"犬戒"。两个人来来回回地说了一阵子，高同学才发现我在念白字，立刻说：

"啊！丢脸耶，犬戎念成犬戒，白字大王。"

我回到阅览室翻书再看它，人家没说错，真的是个"戎"字，太丢脸了，看书不认真，一个字少了一笔当然就不一样了！

第二天上学见到高同学我心里还是不痛快，就指责他上课的时候老偷偷地放"蔫儿屁"！那是什么东西？就是那种一点也不响但是非常臭的屁，我坐在他旁边经常闻到。然后我们互相指责，究竟是谁在放"蔫儿屁"，到今天还是没有定论。

高准十二岁的画

后记

高老兄的文学根底扎实，日后他读中学时，就在台湾各报章杂志发表了许多文章，又是位知名的现代诗人，出过很多册新诗诗集。

20世纪70年代中期，他曾经在台湾与好友陈鼓应、张俊宏等青年才俊倡导乡土文学，为执政当局所不容，指使某些文人撰文批判，说这些人实际上在推动"工农兵文学"，与对岸的"共匪"隔海唱和。这位高兄曾扬言要竞选"总统"，因为他和蒋经国一样，都喜欢穿夹克。

他的绘画也非常出色，小学毕业前大家在彼此的纪念册上留几个字，高准为我画了一幅彩色小画：一个少年在浇花，名曰"努力惜春华"，十二岁的小朋友，笔下甚有丰子恺的画风。到现在我还留着这幅小画。

我的作文在张老师的指导之下，也出过一次风头。某次上作文课，张老师在黑板上写"自由题"三个字。同学们有些糊涂，这是什么作文题目呀？张老师说："随便写什么都好，写出你们心里最想写的东西来。"

同学们愁眉苦脸的表情都出来了，该写什么好呢？

对我来说真的太好了，因为平常的作文题目都是：寒假生活回忆、圆山动物园远足记、庆祝××节日什么的，写来写去就是那一套，最后一段总是我们就要反攻大陆、解救受苦受难的同胞。这篇作文我可以讲点不同的东西啰！

自己定了个题目："我的哥哥"。于是可以写的东西就太多啦！在我们家，他的成绩永远比我好，而且好很多；知道的事情又比我多、块头比我大，打架总是打不过他。后来我的象棋很有进步，两人下棋互有输赢。再过一阵子，我赢的次数比较多了。老哥就要赖皮，老是走悔棋，或是他快被将死，就拖着不走下一步，拖到要吃晚饭了，伸手把棋盘搅乱，然后说："和棋红胜。"

最恶劣的是他老爱玩那个"蜘蛛下探"的把戏！力气比我大，把我的四肢按住动弹不得，嘴中弄出一条口水来，慢慢地朝着我脸部缓缓下坠，就像一只蜘蛛吊在一根蜘蛛丝上往下探路。他还会略略地吸口气，口水便往上缩回去一点，接着又朝下走，愈来愈接近我的脸部！最后的结局就不用问了。种种恶劣行为，实在应该予以严加谴责！写得顺畅，一下子就有好几页了，下课交卷。

发回作文的那天，我心中忐忑得厉害，写了那么一大堆乱七八糟的事，也能算是篇作文吗？看来一定会被张老师训一顿。张老师发完了所有的作文本子，然后说："有个同学这次写的最有趣，现在我念给大家听听。"

念的就是我"毁谤"老哥的那篇东西。哎呀！多不好意思。她读了一遍，中间还止不住地笑了好几次，然后奖励了我一番："以后就按心里想的去写，一定会愈写愈好。"坐在位子上心怦怦地跳，自小就是个挨骂、被罚站的顽皮学生，头一次在班上当众被老师夸奖，兴奋得简直坐不住，同学们听得很乐，一路笑声没停。几位漂亮女生：狐狸精、宋美人、董小宛等，都回过头来看我，刷的一下子脸通红。那是童年最难忘的一次记忆。

然后张老师把我的作文簿子放在我桌上，瞥了一眼，篇首有红笔打了个前所未有的八十七分。下课后，班上最漂亮的女生狐狸精，过来笑眯眯地说：

"王正方，你的作文给我看看好吗？"

她这样和颜悦色地同我讲话，我不由得心里美滋滋的，信心大增，说不定以后我可以成为一个名作家吧！

"把这篇作文投稿给《国语日报》好不好？"我问张老师。她说:"这篇太长,你再继续写呀!写好了先给我看看,还有,投给《国语日报》,应该写得短一点,严肃一点。"

我当然了解,那篇是讲我与哥哥在家中吵架胡闹的事,好笑好玩,但是编辑先生可能认为不妥当,张老师怕我首次投稿就被退回,承受不了那种打击。

我的第一篇投稿刊登在民国三十八年(1949)10月24日的《国语日报》,张老师拿那份报纸给同学们传阅。题目是《守法的张释之》:

汉文帝的时候,有个廷尉(那时候的司法官)姓张,名字叫释之,他不管办什么事都很认真,汉文帝常常夸奖他会办事。

一次,汉文帝坐着车到外边去玩儿,他正经过一座桥的时候,忽然大桥底下跑出个人来,马吓得一惊,跳起多老高来,差点儿没把汉文帝打车上翻下来掉到桥底下去。汉文帝立刻就叫人把那人逮住,交给张廷尉审问,重重地办那人的罪。

张廷尉一问那人,才知道那人并不是故意的。他就按照法律罚了那人一点儿钱,就把那人放了。汉文帝知道了很生气，说："那人犯了那么大的罪，怎么只罚了点钱就放了呢？幸亏那匹马老实，要不然马惊起来还不把我打车上翻到桥下去摔死啊？"

张释之说："国家的法律是皇上和人民都应该遵守的，按照国家的法律，那人应该罚钱。如果不按法律，您干脆就把那人杀了好了，为什么还要交给我按法律审问呢？如果我不按法律办，人民就都不相信法律，不服从法律了。"

汉文帝一听他说得有道理，也就不再追究这件事情了。

小萝卜头子讲了一篇具有法治概念的大道理，我怎么有那个学问？是瞿树元看《资治通鉴》，读到这段故事，同我们开讲了一通，我事后琢磨着写成这篇稿子，张老师看了之后删掉许多废话，寄去没多久就见报了。

小学毕业后一年多，我和瞿树元几个回国语实小拜望张老师，她送给每人一份礼物，我得到的是用彩色纸包好的一个厚本子。回家打开，封面有"现代日记"四个艺术字，第一页写着："把你心中所蕴蓄的都流露出来吧！给正方。"

张老师送给我的日记簿

这个日记本我一直还留着，偶尔翻开来看看；最初几个星期写得字迹工整，然后愈写愈短，字迹潦草，错别字一堆。经常有一段日子什么都没记，然后写一段自我谴责的话，立下志愿，发誓要再接着写起来。这个日记本，只用了一半，余下的空白纸页早已泛黄。想起父亲说我的那句话：

"无志之人常立志，有志之人立志长。"

半个世纪之后，我在台北出版一本新书，特别邀请张书玲老师出席我的新书发表会。那天来的宾客很多，也有电视媒体来采访。

发表会上，我为大家介绍了张老师，是她当年褒扬了我那篇

"毁谤"老哥的作文，确立了日后我成为作家的信心。为了感谢老师，这儿有份礼物要献给她：是张老师早年在送给我的那本日记簿上的题字，复印后放大，装在一个镜框里。

张老师完全不记得她曾送给我一本日记簿，更不记得在上面题过什么字，仔细看了看，镜框内的字是：

"把你心中所蕴蓄的都流露出来吧！给正方。"

的确是自己的笔迹，她热泪盈眶地接过镜框。

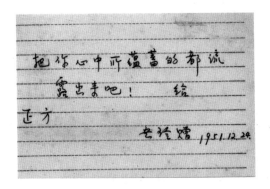

王大爷

哥哥的数学暂时维持住在六七十分上下，没有立即的危机，但是他的英文考试成绩也很不好看。爸妈为此十分焦急，我们家的模范生竟然堕落到这个地步，二位学教育的父母，面子要往哪儿放呀！早期的台湾，很少有请英语家庭教师的事，因为通晓英语的人不多，即便找到合格的老师，谁家有那个预算？克难时期，每个月的收入只够一家人的温饱。

某日晚餐，爸爸吃着一碗热汤面，突然放下筷子，以右手拍打额头，大声地说：

"请王大爷给他定期上英文课不就好了嘛！"

我哥哥听了这话，开始表情僵硬，然后面色凄苦，他没有说什么，谁叫自己的英文成绩不好呢？私下里老哥偷偷告诉我，以后的日子怕不好过了。

王大爷是经常来我们家和父亲聊天的一位伯伯，留着一把山羊胡子，脸上总带着嘲讽的笑容，一位地道的"爷"；他言辞锋利，常作一针见血的评论。王大爷是早期北京师范大学英语系毕业生，1946年就来到台湾推行国语，他是爸爸的学长，我们要恭称他"王大爷"。兄弟二人对大爷敬畏有加，清晨上学，在路上见到王大爷迎面而来，我们就停下来向他深深一鞠躬，大声地说："王大爷早！"

王大爷笑眯眯地给一个弯身十五度的回礼，这是他最为和蔼可亲的时候。

"王大爷的英文倍儿棒，因为他早年在北平的时候，曾经和一位美国女朋友同居好几年。"爸爸说，"要想精通一国语文，就非得有一位说外语的爱人不可，长时间的关系密切，耳濡目染，才是学外国语言最好的办法。"

我们很喜欢听王大爷、爸爸、梁伯伯、夏伯伯他们几个人在客厅里谈话；语音正、声调铿锵、妙语如珠、引经据典地说笑，特别有学问。他们关上门窗、自己人闲谈时批评时政：言论不自由；以"保密防谍"为理由，随时抓人入狱，不审不判，达官显要们贪婪无能、趾高气扬，等等；语下毫不留情地一一痛贬：

"那位×××部长，他的名字听起来就是个'屁篓子'，整天说话像在放屁，眼睛只看到三寸远的地方。"

"对哟！那人就是鼠目寸光。"

"听听这口号：主义、领袖、国家、责任、荣誉。领袖摆在国家的前头，所以咱们非得喊领袖万岁不可，要不然这个国家的气数就不长了。"

"上次我听见有人在会上喊：'救国团万岁！'一万年之后咱们还得救国？"

王大爷在工作之余，还在萤桥小学教成人"国语学习班"。那时候全台湾学习国语的人很多，王大爷的口音正，文学底子深厚，他开的班一律非常叫座，有人满之患。有一次王大爷告诉爸爸：

"我在班上教学生发音，大声跟着我念'总统视事'，他们练了好多遍。问他们懂它的意思吗，都说懂。我又念了一遍，再问：你们懂它的意思？那不是同一句话吗？不对，我再说：'总统逝世'，这人究竟在办公上班还是已经作古了，你们一定得弄清楚。

"还有个例子：'保卫大台湾'四声读不准就成了'包围打台

湾'。学国语首先就得克服四声上的障碍。"

爸爸最怕听他这一套，也为老朋友担心，频频劝说：

"干吗老说这些敏感的句子？惹上麻烦可怎么得了哇！"

大爷愈说愈来劲，又来了一段自己编的四声练习：四个字一组的成语，第一个字是第一声，第二个字是第二声，三字第三声，四字第四声，教学生反复练习——

"三民主义、虚情假意、追随领袖、妖魔鬼怪、鸡肠狗肚、斯文扫地……"

王大爷极富语言天分，英语流利自不在话下，还能说闽南语，或称之为台湾话。在众位国语推行委员会的委员中，除了本省籍的洪炎秋伯伯之外，唯独王大爷可以流畅准确地讲台语。王大爷来到台湾的那一年，已经五十岁了，还能下功夫掌握好另外一种和自己母语完全不同的方言，实在令人佩服。

每周一、三、五，父亲在中国广播公司有固定节目：教国语。他读一段《国语日报》上的文章，再略作讲解；旁边有林良，他是福建厦门人，《国语日报》的年轻编辑，以闽南话再讲一遍。我曾经建议：爸爸这么忙，以后就请王大爷去做这个节目，国语、台语一个人轮流地讲，岂不方便？爸爸深深以为不可，就怕王大爷在电台上说得兴起，顺口又来几句什么"总统视事""总统逝世"的怪话，大家都要吃不了兜着走。

王大爷是从哪里学台湾话学得如此流利、乱真，谁也猜不到，成了一个谜。有一次他向爸爸吐露了真言：一个人过日子，闲来无事常去万华宝斗里听故事，那地方人的台湾话乡土味浓，最富生命力。

宝斗里是台北著名的风化区。爸爸认为王大爷只身在台，无亲无故的，个人行动不受拘束，去哪儿都没关系。可是就有无聊爱管闲事的人，私底下闲言闲语的。有人说在某风月场所见到王大爷了，打情骂俏的好热闹，哪里有个为人师表的样子？这类闲话有阵子还传布得挺厉害。

某夜，王大爷单独来找父亲聊天，聊到半夜，声音愈来愈大。我睡着了也被他们吵醒。听见父亲在劝他：

"有人说最近你老去宝斗里那边——是不是可以——这个——检点一下，免得让人传无聊的闲话。"

王大爷的反应激烈，提起嗓门儿来质问：

"是谁说的，他在哪儿见到我了？"

王大爷着急起来，他的嗓音就自然地高上去八度，然后又听见他高声地说：

"我就不相信，两个人的生殖器互相摩擦摩擦又有什么关系！"

当年王大爷和爸爸在北平念大学，都受到五四运动的冲击，思想特别自由开放。日后王大爷的这句话成了我们哥儿俩性教育的启蒙经典名句，对于"互相摩擦摩擦"这件事，怀着无限的憧憬与向往。

每周两次，哥哥带着英文课本、练习簿子，去附近王大爷家补习英文，他说那简直是个最为痛苦的经验。因为王大爷帮老朋友的儿子补习英文是面子事儿，不收费用，积极性就不高。上课时这大爷总是没精打采、哈欠连天、衣冠不整、心不在焉地随意看看老哥的课本，听听发音，叫他做几个练习题，纠正错误。自己忙着做其他的事：泡上杯茶、吃花生米、嗑瓜子；又无所顾忌地伸手在裤裆里乱掏一通。那个年月串门子的不速之客多，访客突然出现，王大爷很开心，忘了他的学生，同客人有说有笑，谈得高兴便拿出酒菜来又吃又喝，到了钟点就下课，我老哥如释重负地回家。

他对学生犯错误的容忍度极低，若同样错误重复出现，一律厉声苛责之。星期三Wednesday这个单词老哥总是拼错，王大爷吼道：

"难道你要念它'歪的捏死day'才拼得出来吗?"

英文的介词不容易掌握，老哥老把live in说成live on、live at，犯错数次之后，王大爷火气上升，音调提高八度地大声喊着："Live in、live in、live in——"吓坏人的。

补习了几个月，王大爷说事情太忙，以后别来上课了，老哥自此脸上开始有了点笑容。跟王大爷学英文，成绩进步了吗? 说不上来，但是我老哥经过了这次的磨难，好像彻底觉醒了，每天瞎混算个什么呢? 下定决心，确立生活方向：改变生活方式，必须好好用功，清晨死背英文单词，勤做练习；只要分数考好一点，就不必隔两天就去忍受大爷的尖声责骂、吼叫两小时。王大爷激发了我老哥发愤图强的信念，这次难忘的经验发挥了正面效果，哥哥自此恢复了并维持住他的模范生身份。

马叔叔帮助了老哥厘清代数上的困难，下个学期的几何课老马自认无能为力，帮不上忙了。但是哥哥学几何似乎没大问题，努力自修英语也有成效，一路过关斩将，又成为顶尖好学生。

许多年后，老哥回忆建国中学初中部的往事，他说："初中二年级是个重要的关卡，老马叔叔对我的帮助最大，王大爷发挥了另外一种作用。建中还有一位赵瑞丞老师，不管我的成绩多么糟，赵老师总不认为我是个坏学生。有次考试，赵老师网开一面，给了我六十几分；还有一次代数补考，赵老师监考，站在他后面不断地指点提醒，得以过关。这样子才勉强升上初三。"

初三上学期他突然自我鞭策发愤图强，每天晚上看书到半夜，母亲担心他的身体，次次以南昌话的腔调提醒他："王赞粽（王正中），十一点了，困觉喽!"

老哥不理，继续熬夜，不到一个学期，他成为建中初三F班的第一名。他说：

"赵瑞丞老师是我的恩师，他对我的信心救了我。后来赵老师离开了，但是我从来没有好好地谢过他。"

这个转败为胜的过程极其重要，自此他的学业成绩总是全班第一，上了建国中学高中部的保送班，三年下来每科成绩都拔得头筹（但是体育平均六十几分），以建国中学高中第一名毕业生的成绩，保送进入台湾大学化学系。

实在不像话，你说家中做弟弟的在这种压力之下，如何苟延残喘?

学游泳

早年台北的川端桥

　　台湾气候炎热，春夏秋三季的好天气几乎都可以游泳。那时候的台北市，只有一个大众都可以去的东门游泳池，通常一眼望去池子里人挤人的，就像煮着一大锅饺子。

　　国语实小的同学之间传出消息，警察学校有一个废弃的游泳池。某日下课后，我们好几个人去了那里；游泳池很大，池水放掉一半。不由分说，大家光着屁股跳下去玩水，胡搞瞎闹好不开心。有个同学说他会游蛙式，游起来双臂划动两腿蹬水，有模有样的。天快黑了，一个个匆匆穿上衣服回家。从那以后，我们经常去。只是那个废游泳池无人管理，池中的水慢慢变绿，长出许多漂浮的水藻来。

我们又发现了一个田边上的池塘，距离学校不远。它是一个供灌溉用的蓄水池，面积不大，水不深，表面平静，看起来很干净。我给这个地方起了个名字叫"河套"——取自那句"黄河百害，唯富一套"的谚语。地理课本上说：黄河通过绥远省（现今内蒙古地区）做了两次九十度的转弯，其中在河套地段，建了大规模的水利灌溉，农产丰富。

趁着中午休息的那段时间，十来个男同学几分钟就吃完便当，一起溜出去到河套游泳，谁也不穿游泳裤，太奢侈了，个个裸裎相对。整个池塘的水最深的地方才到肩部，完全没有灭顶的危险，玩得忘了时间，听到远处学校的下午上课预备钟响起，大家才匆匆穿上衣服往学校奔跑。

真正会游泳的同学只有周立，点子王当然什么都会；还有个家伙叫黄狗，因为他只会游狗刨式，身后的水浪踢起来很高。其他同学就照着他们两个人的样子游几下，两只脚多数时间还是踩在池底的泥地，比赛在水中闭气，看谁闭得最久；我们最喜欢玩的是打水仗、水中叠罗汉。

　　某次池中出现水蛇，蛇的前进速度很快，它的头略略冒出水面，蛇头的宽度在水面上划出两条笔直的线来，愈拉愈长，看着蛮吓人的。有个同学拿出一条长长的钥匙链子，链子的一头拴着块铁牌子，他挥起链子来用铁牌子打水蛇的头，试了五六次居然被他打中了，水蛇潜入水中，他立刻成了我们的打蛇英雄。

　　有同学说河套的水不干净，某天放学回家，他看见有人拖着水肥车往池塘里倒粪便。不奇怪，它本来就是个灌溉水池嘛！没有人亲眼见到这事，大家也不放在心上，中午继续在河套玩水。

　　后来训导处知道了这件违反校规的事：有不少学生中午离校去不明处所游泳。下午上课之前训导处派人在校门口守候，问每个正要进校门的同学去了哪里，偷偷游泳去了吗？当然都说没有哇！他就用指甲在同学的手臂上划一道，如果手臂出现了一条白颜色的痕迹，证明你刚刚泡过水，他就说："你就给我乖乖地在墙角下站着，训导主任马上过来。"

　　好几个人被抓到，罚扫厕所，以后没人去河套玩水了。

　　我们最喜欢去玩水的地方是川端桥畔，川端是日本统治台湾时期的某任总督，自然不能再纪念这个人了，川端桥后来改名为中正桥。很壮观的一座桥，跨越新店溪，它是台北市通往永和镇的唯一桥梁。

那时候从乌来顺流而下的新店溪，河水清澈，很多游泳健将经常在川端桥附近水域一显身手。可是泳者不能太靠近桥墩，桥上有一小队驻军，见到有人距离桥太近，士兵就在上面吆喝驱赶，因为这座桥是重要交通枢纽地，实施军事管制。

经常在星期天，我们五六名住在台北市南区的小鬼头，聚集在川端桥畔，看着四下无人，一一跃入水中嬉戏玩耍。因为没有一个人真的会游泳，我们就在溪边的浅水地带追追打打，拣扁平的石头比赛打水漂，力道用得巧了，那块石头可以打出十多个水漂，才沉入水中。

有一天傍晚，天气蛮冷的，玩水不到二十分钟，个个都冻得要撒尿。我领头上岸，就在川端桥墩旁边小便，其他小朋友也跟了来，尿撒到一半，就听见桥上有男子以粗重的山东口音叫着：

"什么人跑到桥下来的？都给我走开，往远处去！"

几个小朋友立刻作鸟兽散，我尿了一半，不愿意停下来，因为点子王周立告诉我：如果小便一半就收回去，会得性病的。我抬起头来向那人打招呼，说：

"老乡，你好！"

仍旧在有始有终地继续撒尿。桥上的山东老乡打开一只强力手电筒，照住我全身，观察好一会儿，然后说："妈了个×的，这个小孩还真他妈的不要脸咧！"

期末考试，这次张老师的考题特别容易，大多数同学半个多钟头就交卷了。张老师说：

"交了卷的同学可以早一点放学回家。"

大家一哄而散，走到校门口，有人提议：

"时间还早，去川端桥游泳吧！"

七八个男孩子一阵吆喝，追追打打的，不一会儿就到了我们熟悉的川端桥畔。周立、黄狗，这二位会游水的早就跃入河中，身后踢起来阵阵浪花，上下来回地游了起来。杨子纲、林宏荫、吕其康和我，稍微会游一点，但是还没学会换气，就在浅水地带的水中划动手脚，作游蛙式状。瞿树元从来不下水，他服装整齐，斜背着一只大黑书包，每次就站在岸边充当观察员。

奇怪，今天的河床底高高低低的，和往常很不一样。过去很平很浅的地方，会突然陷下去水很深。正在诧异，就听见杨子纲在不远处叫我：

"王正方快拉我一把，水太深了，我现在从脚到腿抽筋抽得很厉害！"

他离我有数米的距离，仰着头，水面已经淹到他的耳朵，一开口说话就有水灌进去，高举双手呼救。我过去拉他一把，杨子纲就借着这股劲往前走了几步，脱离了深水区。

我拉杨子纲的力道，相对地把我带进深水区，一下子双足悬空身体快速往下沉，顿时慌乱起来，完全忘记了学过的一点游泳常识，应该顺其自然肢体放松，身体就会浮上水面来，此时四肢慌乱不由自主地在水里胡乱舞动。河底一股有力的暗流，把我的身体往深处拽下去，愈拽愈深。

没入水中的时间相当久了，闭住一口气不呼吸，实在憋不住，张开口来吸气，立即灌进来好几口水，憋气的难受感觉舒缓了些，胸口仍然胀闷得厉害。身体往河底更深处坠下去，耳朵、胸部都承受着极重的压力，四肢还在水中毫无章法地摆动。

憋不住了再做呼吸，继续大口吞水。第一个想到的是母亲，我如果一下子就这样走了，妈妈一定会哭得要命，昨天还答应过她，以后放学后就准时回家，不在外头胡混，怎么又忘了她讲的话？爸爸会更难受，大家都知道他偏心小儿子，哥哥少了一个功课超级烂的弟弟，他每天又去觅谁呢？就这样再也见不到他们了！特别想哭，但是哭不出来；我好后悔，今天干吗要来川端桥游泳，怎么能怪杨子纲呢？他的整条腿都在抽筋一定要拉一把呀！……想到许多过去的事、不相干的事，神志愈来愈模糊，手脚软绵绵的不听指挥了，不再挣扎，任凭河水摆布。

听见有人讲话，又有一个女人咯咯地笑。我怎么漂到水面上来了？睁开眼看见一男一女面对面地坐在小船上，男子没在划船，低声说个没完。船就在我身旁，我突然恢复了力气，双手立即死命抓住船沿不放，我大喊：

"救命救命哪！"

整只船被我拉得倾斜到一边，吓得那女子尖叫起来，男子慌了，举起一支桨来做要打我状，他吼着：

"放手放手！不然我就打你下水。"

我死不肯放手，一直喊救命。他大概搞清楚了是怎么一回事，然后说：

"我会救你的，你先放开手，不要把船扳翻了。"

爬上小船来的是一个全身赤裸裸，濒临死亡边缘的男孩子。

船划到岸边，同学们拥过来，黄狗背着我走到一个阴凉处放平，处于半昏迷状态的我略略睁开眼睛，见到许多双眼睛焦躁地看着我。周立说：

"他喝水喝到肚子这么大，要先把水吐出来才行。"

"那该怎么办？"

"找一口大锅子，锅子翻过来，把王正方的肚子放在锅底上，一下子他就会开始吐水了。"

四周没有住家，哪里去找大锅子？黄狗说：

"我就做那口大锅子。"

黄狗像狗一样地趴在沙滩上，拱起背来，如同一只翻过来的特大号锅子。周立他们扶着我横趴在黄狗的背上，几分钟之后就稀里哗啦地吐出好多水来，我感觉舒服多了。

同学们说好了要攻守同盟：这件事太严重，要是被老师或校长知道了，我们一律完蛋，发誓谁也不准说出去，每个人互钩小手指头，钩了一圈。

瞿树元和林宏荫一边一个人架住我，一步步半扶半拖地走回家。进了门一句话不说，拿出被褥来铺在榻榻米上倒头就睡，人事不醒地睡了十多个小时。第二天母亲问我：

"你又是去了哪里胡闹？回家睡觉整个枕头和被单上都是沙子？"

保密工作做得十分彻底，父母亲在有生之年一直不知道，小儿子险些做了川端桥下的水鬼。那一对在桥畔划船谈情说爱的情侣，无意中救了我一条小命，直到现在还是不知道他们的姓名，更别说向二位致谢了，然而救命之恩毕生难忘。

我曾有条件地告诉了我老哥这次的"川端桥事件"，条件是绝对不能让爸妈知道，否则他们会一辈子禁止我们俩游泳，老哥完全同意。后来我们哥儿俩在建国中学上体育课，都学会了游泳。我曾参加建国中学运动会的游泳比赛，获一千五百米自由式第三名。比赛成绩就请不必问了。那次这个长距离竞赛项目，只有五名同学报名参加，第五名的速度特别慢，坚持游完全程，他得了个运动精神奖。

从夜猫子补校转到建国中学日间部

国语实小六乙班毕业合影
（1950.6）

　　我是第六届国语实验小学的毕业生。毕业后的那个暑假没有
作业，每天就在植物园、重庆南路等处结伴玩耍。

　　某日上午遇见瞿树元背着他的大黑书包，从植物园对面的建
国中学大门走出来。你怎么在这儿？刚报完名，建中的入学考试
是×月×号，今天是报名的最后一天，你还没有报名吗？啊?!
我完全不知道这回事。

　　冲到植物园的《国语日报》找老爸，爸爸和王大爷他们在开
会，不管了，这事太重要，打断了他们。爸爸说：

"是呀！快点去报名，这是我的图章，拿去。"

早期台湾的升学状况不那么紧张，学生数量较少，各校分别招生。父亲在教育界的人脉广，他认为安排儿子读个中学，自然不在话下。

我全无准备地去应考，出了考场一片茫然。

同林宏荫、瞿树元他们一道去建国中学看发榜，沮丧而回；同班的好学生江显桢、瞿树元、林宏荫的名字都赫然在榜上，我仰着脖子从上到下看了好几遍，就是找不到王正方这三个字。怎么办呀！没有学校上的话，我去干什么？哥哥说：

"可以到巷口王月霞家的车行学修理脚踏车。"

"什么话，"母亲反对，"总还有其他中学可以上，师大附中、成功中学……"

父亲认为不必去考其他的中学了，上建国中学就好；离家近，兄弟俩读一个学校互相有个照应，而且现在是老贺当校长，那间学校绝对错不了。可是人家建国中学没有录取我呀！爸爸说：

"先去上建国中学的补习学校，然后转日间部。"

上建中补校也要先通过入学考试，关在家里复习了几天功课，再度进考场，考完了心中还是一点把握也没有。哥哥陪我去看榜，那张榜不大，上面是以漂亮的毛笔字写的几十个名字，从榜首往下看，气喘不止、心扑通扑通地跳，从头看到最后一名，那三个字还好是"王正方"！名字上还被红笔勾上，表示本榜名单到此为止。老哥说："你的运气来了，因为其他人的名字都没有被红笔勾到。"

早年学校发榜，榜上名字的先后次序依照成绩优劣排列；我排在最后一名，表示我考的成绩最低，说不定还是爸爸去校方关照了一声，勉强给我上的榜？事隔久远，此事的真相也难以查明，至今仍是个悬案。反正那时候我是整个人抬不起头来，家庭地位无比低落。

终于有个学校收了我。那几天老爸一脸不高兴，他说：

"一个暑假就看见你到处玩，学的东西全忘光了，你给我好好地念这个补校，成绩一定要非常的好，一个学期之后转到日间部去。不然的话就永远做夜猫子，夜猫子晚上才出来活动，它是吃死耗子的动物。"

建中补校初中一年级班，一半以上的同学是年纪较大些的社会青年，程度参差不齐。我专心学习，在班上的成绩突出。最喜欢的是英文课；大家都是首次接触英语，一律从 ABCD 开始学。

启蒙老师金多芬，是美军顾问团（MAAG①）的翻译，晚上来兼课，他的英语口音正，但是讲中文一开口就是福州口音，我与福州老师有不解之缘。

金老师读课文的音调有高低起伏，挺好听的。他最注重发音，一再告诉我们，英语发音最困难，发音不正确或是重音抓不准，人家就听不懂你在说什么；譬如说speak这个字，那个p应该发b的音，他一再地说："speak的p是笔的音，不是痞的音。"

董老师教国文，也是我们的导师，说着一口标准京片子，她说："你们在时间上有富余（时间够用）……"班上同学听不懂，我给大家做翻译。董老师还夸奖过我的作文写得好。

坐在我前面的是个瘦高戴眼镜的家伙，因为近视眼严重，要坐在前排才看得清楚，他与我同岁，不知道为什么和我一样沦落到建中补校来了。姓陈单名一个枢字；我们给他取的绰号是陈进士（近视）。数学老师点名时，总是把"枢"字念作"区"，我觉

---

① MAAG: Military Assistance and Advisory Group 美军顾问团。完整的译名应该是："美国军事援助及顾问代表团"，或"美国军事援助技术团"，朝鲜战争爆发后在台湾设立。该军事单位长期为对台湾政府军队提供支配与协助训练，参加台湾各级演习作战，后来转型为咨询机构。美驻台军官军士曾高达两千多人，1979 年 5 月，美军顾问团撤离台湾。

得这位老师的语文程度实在不高明，曾经向爸爸报告：

"补校的老师很多是兼差的，好像不怎么样咧！"

"你到了这个份儿上了还批评老师？"爸爸说，"趁早给我把成绩拼得像个样子一点，不然的话，哼——"

陈进士不大喜欢英文课，我也觉得他的发音不太正确。有时候他回过头来和我练习念几个多音阶的单词，如：next、student，反复多遍。班上跟不上英文课进度的人不少，有个老兄是大陆北方来的社会青年，对英文发音一筹莫展。他在英文课本上写了许多帮助发音的汉字：mother旁边写了"玛丹"、father是"法丹"、brother"布拉丹"、sister"西斯丹"……念出来就像在说中文。有次金老师叫他起来读student，这老兄面红耳赤地念着：

"四丢——四丢，四丢拽！"

下课之后我去看他的课本，在student的旁边写了"四丢"两个字，接着又画了一个小人在拉绳子，这都是在做什么呢？只有我看得懂：以手猛力拉扯用北方土话叫作拽（dèn）。他当时大概不知道怎么写这个"拽"字，就画了个小人拉绳子，代表它的音dèn。老师叫他起来念student，一时紧张怎么样也想不起来这个小人拉绳子该怎么读，就念了个"四丢拽"，拽也是同样的意思呀！

上夜间部不需要早起，一个人在家里常常睡懒觉，母亲就派给我清晨去市场买菜的任务。这事不难，晚上写好了要买什么菜，第二天口袋里有钱，提着菜篮子去南门市场；菜场里永远是脏兮兮、乱糟糟，人挤人的，大家都提高了嗓门喊叫。我在菜场里借机会大练台湾话，但是会用的词汇还是很有限。有时候买到又便宜又新鲜的青菜豆腐，还得到母亲的夸奖。家中请客就轮不到我去买菜了，爱吃肥肉的老爸要亲自上市场，精心去挑又便宜又好的肉，花时间耐心讨价还价，他讲的台语极为蹩脚，可是每次都能买到上好的料。

清早买菜最愉快的一件事：偷偷吃一碗爱玉冰。母亲认为天下所有摊贩的食品都不卫生，病从口入，一律不准吃。每天买菜用心仔细地算计着点，可以多出几毛钱来，买一小碗爱玉冰，就站在街边三下两下地吞食之，清凉可口。从那时就体会到了：经手处理钱财，数目不论大小，攒个私房钱，弄碗爱玉冰来吃吃，实在太容易了。

痛恨当夜猫子学生的生活，作息颠倒，左邻右舍的小朋友一大早就去上学，我白天一个人在家里耍无聊。晚上放学回来，要走过好几条漆黑的巷子。那个年月路灯的亮度非常低，而且路灯坏了几个月也不修。走在那段"黑人黑夜捉乌鸦"的路上，内心就会产生莫名的恐惧：暗处会不会有野兽或坏人冲出来，听说还有那种飘来飘去、没有腿的鬼也躲在暗处?! 我弄来一把瑞士折叠小刀，放在口袋里紧紧地攥在手里，快步走完那段黑路，手心和小刀上都是汗水。怕黑的事不敢说出来，哥哥要是知道了，他又多了一桩消遣嘲笑我的故事。

熬过了一个学期，凭着成绩单漂亮，我顺利转入建中日间部初中一年级B班。但是哥哥认为，在补校的成绩优异算个啥? 简直是胜之不武，因为很多班上的同学白天要上班、做工，我只在晚上上几个小时的课，白天闲着没事干，比别人读书的时间多得多，还比不过人家吗? 可是在那个阶段，我比较用功也是个事实。

后记

陈进士在补校读了一学期后，转学到台湾师大附中就读，成绩优异。二十年后进士兄学有专长出人头地，已在美国天普大学

(Temple University) 当上了教授，我尚在费城的宾州大学（U of Pennsylvania）苦读博士学位，两人不约而同积极地参加了"费城地区保钓运动委员会"。

1971年4月10日，全美国各地的中国海峡两岸三地留学生，聚在华盛顿（Washington D.C.）举行"保钓大游行"。游行路程其中一站是日本驻美大使馆，"保钓委员会"选了我、陈进士等三人为代表，向日本大使馆递交抗议书。到时候由谁来念那份英文抗议书、提问题呢？他们二人都推我，陈进士还来了一句：

"记得当年金老师不是说你的英语发音还不错嘛！"

其实谁念抗议书都一样，接待我们的年轻日本官员，看来阶级甚低，只在那里点着头，表示听到了。回答问题时他重复地说一句话："no comment"（不予置评）。我再问他：

"为什么你的回答总是不予置评？"

那个日本官员面露不屑的微笑，以蹩脚的英语说：

"你们的政府，不是也这么回答的吗？"

我们离开日本使馆，向聚集在门外的三千五百位留学生报告日本官员说的话，群情沸腾，全场为之义愤填膺。

贺校长

爸爸对建国中学的新任校长老贺推崇备至。老贺就是贺翊新，字仲弼，河北省人，北京大学国文系毕业，曾任河北省教育厅厅长，父亲与他在河北省省政府共事过一段时间。前省级教育厅厅长来到台湾当中学校长，岂不是太屈就了？那时候从大陆来台湾的各方人才充塞，群雄聚集，粥少僧多，工作安插非常困难，能够暂时有自己喜欢的专业工作，已是非常难得，反正大家都等着"反攻大陆"那一天的到来，何必计较名位？

贺校长来到建国中学，不久整个校风立即有了改变；太保学生不见了、打架闹事减少了许多、学业成绩普遍提升、上课时候同学不再胡闹；几年后建中的升学率最高，学生和老师的表现优异。体育项目也不弱；建中一直是全省高中的橄榄球冠军，早年建中的篮球运动也很出色，曾经得到过一次全省高中篮球联赛的冠军！自此建国中学名气响亮，成为全台湾顶尖的男子中学，数十年后的今天，建中一直是许多同学的第一志愿。贺校长真有办法，他怎么做到的？

多年后，追忆贺翊新校长的文字有不少，几乎每篇文章都提到：贺校长一脸祥和，不善言辞，讲话的声音低沉，没有人见过他发脾气。遇到他不同意的事，他总是低声地说："这个、这个——不行、不行的。"

决定了的大小事，坚持完成。

他不喜欢在办公室坐着，一有空闲就在校园里行走，身材不高，背着手慢慢地走。每班的同学们都曾发现，校长会静悄悄地站在教室窗外，背着手听、看教室里上课的情形，好一会儿之后，又静悄悄地离去。某次有位老师监考，坐在讲台后面昏昏睡去，贺校长巡视到那里，抓到一名考试作弊的学生，没收了学生的书，把书交给监考老师，一句话没说，转头离去，意思是要那位老师看着办吧！这一招对老师和同学的压力很大，校长随时会无预警地出现，大家心生警惕，必须要认真地教学、读书了。

傅禺老师（笔名子于）出版过一本书《建中养我三十年》，

书中对贺校长有生动、确切的描写。贺校长来到建国中学，带着
教务、训导、总务三处的主任，还有吴冶民老师；曾任河北省国
立第一中学教务主任，他编的化学教科书，被全大陆的中学普遍
采用。这几位都是河北省人，之后又来了不少河北省籍的老师。

安排新到职教职员的住宿是个问题，贺校长决定将木造楼旁
边的二十几间旧教室，修建为宿舍，条件简陋，住进去几十家
人，后来大家就叫它作"河北大院"。这是个木造旧建筑，河北
大院的屋子里面不准生火做饭、烧水，每个房间只准装一盏电
灯。二十几家大小入住的那天，贺校长语带歉意地向大家说：

"只是临时的安排，反正大家都在逃难，同舟共济，请多多
体谅，学校一定会想办法解决住的问题。反正我们马上要反攻大
陆了。"

那时候全台湾推动"克难"运动，勤勤恳恳地克服当前的困
难，没有办不到的事情，大家不抱怨，干好分内的工作，以为反
攻大陆指日可待。

贺校长的个子虽然不高，气魄却大得很。原来建中的初中
部只有十九班，他来了一年就扩充为三十班，同时还有夜间部、
补校。

他是位"学生至上"的校长。

有一次训导处把学生的墙报扯下来没收，大概是因为墙报内容有不妥之处。同学们向校长申诉，贺校长听明白了之后，立即要训导处把没收的墙报拿过来看，然后单独和训导处开会。为什么没收？必须得向学生解释清楚没收原因，如果说不出道理来就不该没收。后来那份墙报原封不动地贴了回去。

初中部的同学按规定缴童军费，某个学期快结束了，却没有任何童子军活动，同学们要求退还童军费，但是没有结果，就去找校长，贺校长了解情况后，亲自去初中训育组说：

"把钱还给学生！"

然后训育组举办了碧潭童子军露营、烹饪比赛。这件事我记得好清楚：那年我在建中念初二B班，我们那一组是烹饪比赛的倒数第二名，负责生火的是我，因为一直下毛毛雨，捡来的树枝都是湿的，怎么也点不着。五个人睡一顶帐篷，被几个人的臭脚熏得晕过去，半夜还下起大雨来。

贺校长来看我们，带了两箱水果、一面烹饪优胜锦旗，和同学们一块吃那些男孩子做的半生不熟的菜。据说校长买水果、来回碧潭坐车的开销，都是自掏腰包。

他不喜欢放假，争取同学们多上课。不分主副科，什么都不能缺，体育更不放松，他会晒着太阳看学生上体育课。有老师说：

"多上一节课，学生又能多学点什么？"

不善言辞的贺校长回答：

"多休息那一节课，老师又能痛快多少？"

学校的各项会议，经常安排在放学之后，有时候还在星期日开会，老师们抱怨：

"这不是都卖给建国中学了！"

他最关心学生，不让任何学生受到委屈，记性特别好，能记住许多学生的姓名，连名带姓地叫出来。初二的时候，我和几个同班同学爱上了篮球运动，放学之后不回家，就在土球场上投篮斗牛，直到夜间部已经在上课了，我们还在那里吆喝着打球。正玩得起劲，忽然听见球场边有人叫我："王正方！"

声音熟悉带有河北乡音，就见到校长背着手站在篮球架下面，他在做例行的夜间部巡视。几个毛头小子垂手立正，齐声说："校长好。"

"天都黑了，篮筐子都看不清楚还在打球，不要打球了，快点都给我回家去。"

很多老师抱怨贺校长太宠学生了。但是他也坚持原则，凡是犯重大过错、考试作弊的同学，应该开除的绝不容情，达官贵人来说情，一律无效。

几年后，同学们在学业成绩上有了优异的表现。那几年建中的毕业生群，日后各自在专业领域中大放异彩的有：丁肇中（诺贝尔物理奖得主）、郑洪（MIT数学教授，院士）、王正中（UCSF生化教授，院士）等，不胜枚举。

我们的高三C班，共四十多名同学，多数通过保送、联考上了好大学：台大医学院七人、台大电机系五人（该届的台大电机系本地生四十五人，建中毕业的各班同学加起来有十七人）、台大物理系三人，其他有考入台大数学系、化学系、化工系、农化系、农工系、地质系的，上台大历史系、商学系、经济系的各一二人，粗略算来，硬是有超过一半的同学进入台湾大学的热门科系；其他同学去了成功大学、东海大学等。日后他们在医学界、物理学界、工程界和其他领域，表现不凡、崭露头角的真不少；还有白先勇，读台大外文系，日后成为两岸知名的文学家。

贺校长在建国中学的第一个任期是从1949年到1955年，我在1950年上建中初一，1956年高中毕业，前后有五年都在贺校长的治下当学生，对贺校长奠定建国中学基础所做的点滴努力、他的教育精神等，有直接的体会。1955年，贺校长首度离开建国中学。古文造诣高深的国文老师毕无方老夫子，以诗经笔法撰写了一首词，纪念贺校长的创校精神和成果，词曰：

赫赫黉宇　髦士三千　熏陶入座　恐后争先

大而化之　贺公是瞻　金石贞固　永记年年

贺公仲弼主校，六载春风广，作育有方，当离别，群情凄怆之词，刻石勖勤为垂纪念。建国中学全体学生三七五四人敬勒。

中华民国四十四年元月

此石名"红楼铭"，就嵌在建国中学红砖大楼入口处的柱子左下方。贺校长于1957年再度回校任校长，1967年退休，前后十五年，是任期最久的建国中学校长。

于非·萧明华案

每天早上，有个山东老乡准时在窗户外头大声吆喝："馒头、豆沙包、肉包、馒头！"

我从木窗窗棂间递钱过去，拿回来四个热气犹存的馒头，大家匆匆忙忙吃了热馒头，各自上班上学去。

星期天大家惯于睡个懒觉，卖馒头的山东老乡准时在巷子里叫卖；他总是要做了我们家这单子固定生意，再去隔壁巷子叫卖。这天他吆喝了许久，我们家四个人都没动静；老乡就把脸贴在我家的木窗户的窗棂子上，朝着里面大声吼叫：

"馒头、豆沙包、肉包、馒头！"

距离很近，声震屋瓦，就好像有人在帐子顶上叫唤。还是无人理会，老乡就说："都八点了还不起床？"

爸爸突然从榻榻米上跳起来怒斥：

"你走开行不行，以后不买你的馒头了！"

这天早上爸爸的眉头紧锁，一脸不高兴，起身后一句话也没有，急急地出门去了。我问母亲：

"爸爸今天是怎么了？"

母亲嘴唇紧闭着，不说话。一再追问，她才不耐烦地说："小孩子不要多问！"

哥哥对我使眼色，我才识相地不再说话。私下里问老哥："今天他们是怎么了？"

"《国语日报》出了大事。"

"出了什么事？"

"报纸上都有，你这几天都不看报，每天就在那里醉生梦死的。"

晃到《国语日报》阅览室去，翻看这两天的报纸，首页头条标题都是"破获于非、萧明华匪谍案"：

"国防部侦破重大匪谍案，逮捕匪谍多人；萧明华、严明森、马学枞等被捕，主犯于非在逃……"

报纸用很大的篇幅报道这个案子；

"中共中央社会部长派遣于非、萧明华来台负责全岛的地下工作，两人假扮夫妻，出入公众场合……于非在《国语日报》任编辑、萧明华任省立师范学院助教，以'台湾青年解放同盟''新民主主义青年团'的名义，广泛吸收分子，逐渐渗透发展……严明森夫妇、马学枞等人是他们的组织成员……调查人员从严明森家的米缸里，搜出来一具电报发报机……他们曾以这架发报机向大陆发送过多则重要情报，危害国家安全……"

　　老马叔叔马学枞被抓进去了?! 坐在他对面办公桌的就是于非，他的个子不高，好像比其他的年轻编辑年纪大一点。于非的太太萧明华，有时候来报社。她性格活泼，有说有笑的，漂亮又很会唱歌，记得在报社周年庆上还唱过什么歌来的。另外有一对夫妇，先生是严明森，讲话听得出广东口音来，严太太在报社的总务处工作。

　　于非、萧明华夫妇来过我们家多次，爸爸喜欢同年轻人聊天，听听他们对时局的看法、今后的抱负、理想。每次聊到最后，于非和父亲总会争论一些事，萧明华就在一旁笑着点头。妈妈说萧明华会打扮，每次戴着顶遮阳的大帽子，样式都不错。爸爸有时候不很同意于非的言论和见解，说他偏激。爸爸说：

"唉！年轻人有他们自己的想法呀！"

我知道老爸为什么不大喜欢于非，因为他讲话很急，老是打断别人的话头。爸爸说在大陆的时候他就知道于非这个人，他原来姓朱。

"为什么来台湾就改姓于了呢？"我问。

"谁知道，别管人家的私事，估计不是逃婚就是躲债吧！"

咱们的王大爷最欣赏这对夫妻，特别夸奖萧明华，因为萧来到台湾之后，努力学说台湾话，这就很了不起啦！王大爷自有他的一套理论：

"咱们在台湾教大家说国语，不懂也不学当地人说的语言，这不成了英国人在殖民地推行英语吗？闽南语是中国的古语，很有意思的，也不难学。这样子不注重本地方言，咱们怎么能够做得好推行国语的工作？"

可不是，他们老一辈的国语运动工作者，只有王大爷的台语流利，发音准确。王大爷常常以台语和萧明华交谈，每次都说萧明华的台湾话又进步了许多。

转弯走到编辑部，星期天办公室里的人少，老马叔叔、于非、严明森的办公桌上都是空空的，他们会不会再回来上班呢？

问过爸爸两次，老马叔叔他们现在被关在哪儿，您会不会去保他们出来？父亲皱起眉头，表情严肃地说：

"这不是你们小孩子应该管的事，以后不许再问了。"

深夜偷听到爸爸和王大爷的低声谈话，王大爷兴奋起来嗓门儿会自动提高八度，他说：

"于非这家伙机灵，搭上渔船，半夜里偷渡到了福建。"

"听人家说，萧明华经常一个人到乡下去，用台湾话同老百姓讲社会主义、共产主义……"

有一天哥哥拿一份报纸给我看，指着上面的一段新闻："匪谍萧明华、马学枞、严明森等人，已于×月×日在马场町执行枪决。"

我们兄弟二人互相看着彼此，没有说一句话。

于非、萧明华案在我们家、在《国语日报》都是一大禁忌，多少年过去了，不再有人提起过这个案子。

附录一

数十年之后，台湾解除了戒严令。有些当年未曾公开过的档案，可以调阅出来。有关本案的资料：

　　于非来台后担任《国语日报》编辑，利用社会处主办的"实用心理学讲习班"吸收成员，一年后组织扩展迅速渗透到国防部、空军总部、台湾省政府教育部、农林厅、建设厅、社会处、警务处、警察学校、台北市及高雄市的警察局、高雄联检处、台北电信局、台湾大学、国防医学院、师范学院及《国语日报》……党、政、军、警、教无所不包，规模庞大，卫星密布、掩护周密，是多边形乱麻式的间谍组织；从事窃取国防机密，军需工业设备、战略物资储备情形、防空设施、港口要塞、沿海港湾、兵力部署、防卫作战计划，以及气候水流等有关战略政略情报。他们计划在东部设置米厂，以高利吸收驻军存粮，来筹措经费。

　　内政部调查局接到情报，在台北县新店镇文山中学发现左派刊物，怀疑是于非所编，进行拘拿"实用心理学讲习班"的学员；于非逃回中国大陆，萧明华被捕……国防部宣布侦破大匪谍案，逮捕的匪谍共一百零六人，其中十八人的案情重大，执行枪决。

另一份资料上说：

于非、萧明华案有八十多名涉案者，全案枪决人数超过了三十人。

某评论者对此案的分析：

于非、萧明华二人在不到两年的时间，在台湾发展的组织遍及各层面，范围实在太惊人了。是台湾情治单位为了邀功，故意加以夸大？上级也同意这么做，为的是提高社会上的警觉性？

附录二

有关萧明华的部分资料：

萧明华曾被谢冰莹①称为"中国最有前途的女作家"。

1922年8月，萧明华出生于浙江省嘉兴县。小学毕业后，她考入河南省立开封师范学校。抗战爆发，她随父母辗转到达重庆，1941年毕业于重庆师范学校，当了小学教员。1943年秋，萧明华以优异成绩考入白沙国立女子师范学院国文系。

抗战胜利后，萧明华于北平师院继续深造。在校期间，萧明华遇到在重庆就认识的教育心理学教授朱芳春。朱芳春已参加了共产党的地下活动，他经常推荐革命理论书籍给萧明华阅读。1947年9月，萧明华加入朱芳春领导的地下工作小组。

萧明华即将毕业，台湾大学国文系系主任台静农先生②，深知萧明华在国语注音、语音应用方面的教学能力，几次写信邀请萧明华到台湾任教。

初到台湾，萧明华选择去台湾师范学院任教，住在台师院的

---

① 谢冰莹，民国时代著名女作家。1928年从军参加国民革命军北伐，发表"女兵日记"，轰动全国；林语堂将她的作品译成英文，扬名国际。1950年在台湾省立师范大学任国文系教授。

② 台静农，民国初年的知名小说家，是鲁迅的学生，与鲁迅等人在北京成立"未名社"，倡导白话文学，创作多篇短篇小说。先后在北平辅仁大学、山东齐鲁大学、山东大学、厦门大学任教。抗战胜利后赴台湾任台湾大学中文系教授。台先生的绘画与书法独树一格，备受收藏家的喜爱。

宿舍里，同时萧明华又在《国语日报》社兼职工作。不久，朱芳春化名于非，也来到台湾，与萧明华以夫妻名义开展地下工作。

1948年9月，他们利用台湾省政府举办的"社会科学研究会"，举办一些讲习班或讲座，扩大社会影响，从中考察、培养干部。

于非与萧明华组建了"台湾新民主义青年联盟"，把讲习班中骨干组织起来，成立读书会。之后"台新盟"转入地下。萧明华负责联络工作，并承担情报资料的保管、整理和密写。从1949年12月至1950年1月，短短两个月，他们送出重要情报前后有六次。

萧明华受刑时年28岁。两岸关系和缓，萧明华的骨灰移回大陆，葬于北京八宝山公墓。

附录三

《国语日报》元老梁容若教授，曾任《国语日报》总编辑，退休后移民美国。20世纪80年代末至90年代初，梁教授曾在北京居住了一段时期。于非与梁先生取得联系，专程前来拜访，整个下午二人谈在台湾的往事。根据梁伯伯的转述：于非曾数度激动，失声痛哭，继之以饮泣不止。

哥哥的数学补习老师，香烟不离手，笑起来嘴中没有几颗牙的老马叔叔，马学枞，被处决那年仅四十一岁，此后没有人再谈起过他。老马叔叔当年只身在台，举目无亲，出了事之后没有人敢承认是他的朋友，他大陆的亲属是谁，迄今也不清楚。在那个混乱的时代中，老马叔叔如风卷残云般的被当局处决，然后就化作烟雾似的了无痕迹。我哥哥已不在人世，所以必须由我这个曾经与马学枞叔叔相识的小男孩，现在也是个老头子了，来说几句话：

"老马叔叔，我们都记得您，多少年来咱哥儿俩不时谈起那个时候的事情：您的香烟灰把哥哥的数学课本烧出一个个的大小窟窿来，但是帮助我哥哥弄通了代数，然后他顺利升学，书念得特别好，后来在学术上有不错的成就；当选中央研究院院士，与诺贝尔奖擦肩而过。老马叔叔，那时候我们就一直想告诉您：少抽点儿烟，有空的时候就把牙齿修补一下吧！"

篮球不能越打越新

上初中时的模样

转学上了建国中学日间部，初一B班的座位先后按照高矮排，我坐在第一排第二号；和班上最矮的小郭①同座，直到初二下学期我开始长高了点，坐到第二排去，他还坐在一排一号。小郭，绰号米老鼠，虽然个子矮，人家可是个顶呱呱的好学生，作业写得整整齐齐地交上去，考卷发下来若只有九十五分，他就喃

---

① 米老鼠小郭，本名郭承统。自台湾大学医学系毕业后，赴美国史丹福大学获得医学博士学位。他潜心钻研病理学，发表百余篇研究论文，受到学术界的高度赞誉。旅美十七年后返回台湾，在长庚大学建立了"病理学研究所"，退休后受聘为长庚医院荣誉副院长；台湾医学界尊称他为"台湾病理学泰斗"。

喃自语的不开心；在班上每门功课都是数一数二的。

从补校转到日间部来，自觉任务已经完成，懒散懈怠的习性又故态复萌，作业不认真写，考试成绩普通，门门能过关而已。上课时喜欢乱讲话，什么事我都要说上几句。大概因为平日常常听爸爸和他的好友们聊天，常识比其他小朋友丰富些。

老师讲庞涓、孙膑的恩怨，庞、孙都是鬼谷子的得意门生，他问："鬼谷子是后人对他的称号，此人姓什么？"同学们当然没人知道，我回答："鬼谷子姓王"。

全班大笑，认为我姓王，所以就在那里瞎掰，其实鬼谷子真的姓王，我还是真的知道。

在班上出其不意地讲一两句俏皮话，逗得同学们哈哈大乐，搅乱班上的秩序，便很有成就感，也成为我的专业。多数老师最讨厌这样的学生，他们对我频频喝止：

"同学要先举手，老师准许了再发言。"

那怎么行？错过了那个时间点就不好笑了。

小郭不大看得起我的学业成绩，倒是很奇怪我为什么知道那么多不相干的事情，但是所知又不深。有一天他拿来一本英文书，指着里面的一句话给我看：

"Jack of all trades, master of none."

成句子的英文，我哪里看得懂？可是小郭就懂，他说："这个Jack就是你，什么事都知道一点，什么都不精通。以后就叫你'万能博士'好了。"

我听了还很高兴，他摇头叹气："'万能博士'是个讽刺人的称呼，你还在那里得意，我真的服了你！"

"你不是在叫我博士吗？"

在班上广结好友，其中王七对我的帮助最大。王七本名清义，快速连名带姓地念出来就成了王七。我曾经很担心地问过他：

"你家里还有弟弟吗？"他笑而不答。

王七当过班上的清洁股长好几次，他本人长得白白净净的，制服永远很干净；哪里像我们几个喜欢趴在地上打玻璃弹珠的小鬼头，衣服上总是沾着土，浑身灰扑扑的。

王七也是位好学生，从来都准时交作业，作业簿写得整整齐齐、一目了然。我经常玩得过了头，到了学校才发现今日该交的作业完全没做，事态紧急，就央求王七借他的作业，让我在下课休息时间快快地抄出来。他从来不曾拒绝我的要求，对我来说王七兄的慷慨仗义，真是"若解民于倒悬"也！

抄个作业算什么呢？可是有很多同学不作如是想：花时间经过一番努力运算、演练许久才得出答案来，专属于个人的努力成绩，凭什么让你不劳而获地拿去呢？王七在这方面很大方，喜欢与他人共享。最重要的是王七与我初中同班、高中同班、大学同系；选修的课程基本上相同，前后同班了十年之久，你说他对我的重要性有多么大！

班上前几排好动、好吵闹的小鬼头，还有阿曲、大嘴他们，我们个子虽然矮小却都迷上了打篮球。下课铃一响，大家飞奔到土球场"砸篮筐"。砸篮筐是当年的游戏，规则是第一个将球投出去碰到篮筐的，就占用课间休息十分钟的半个篮球场，随即展开三对三或四对四的斗牛比赛。

跩家伙阿曲，家里有钱，每天上学带一只八成新的"登禄普"（Dunlop）牌篮球。我的座位离门口最近，下课之前阿曲把球从后面塞给我，铃声一起拔腿就跑，抢在隔壁班那帮篮球混混的前面，距离篮筐十数米远就投球，多半能击中篮筐，有时候还能蒙进一球；然后那个半场在课间的十分钟就归我们占用。斗牛队伍有好几组，我、阿曲和大嘴组成一队叫"峨眉三矮"。我们的个子虽小，但身手灵便，会抄球、运球、中距离投篮准，并不比那些傻大个逊色。

阿曲的球技其实不行，基本动作不扎实，经常走步违例。但是还不能说他，因为这小子一不高兴就拿着球回教室，场地马上被别人占去，很扫兴；此人的脾气挺臭的，所以平时还要巴结着他一点。唉！谁叫自己迷篮球呢？有一天我下了决心，捅了一下坐在前面的大嘴说：

"我要买一只篮球。"

大嘴回过头来，兴奋中又带着怀疑，嘴张得奇大，可以放进一只拳头。谈何容易？最便宜的篮球卖价六十二元，放在衡阳路体育用品店的展示柜里。

当年台湾的一个普通公务员家庭，小孩能吃饱穿暖就不错了，根本不给零用钱，但是我有个办法。每天早上我们都赖床，勉强起身就匆匆地冲出门去，小跑着赶升旗典礼，哪里有吃早饭的时间。母亲叫不起这两个贪睡的小子，索性每人发五角，下课时在福利社买小面包果腹。五毛钱虽少也是现金，每天上午忍住饥饿一星期下来也有好几块了。积攒多日，不时暗地数厚厚一沓的五毛钱烂票子，那只崭新的篮球似乎遥遥在望。

长久不吃早餐身体会出问题。我们家就在学校后面，每天学校的预备钟响了，这才猛地跃然而起，十分钟之内要赶上朝会。一路飞奔，冲到队伍里同学们刚已经唱起升旗歌，我喘息着但觉呼吸急促、心跳加速、头晕、眼前飞着无数金色小虫子，然后一阵漆黑，不省人事。同学们七手八脚把我扛到医务室，这种场面平均一个学期发生好几次。

一百多天之后，我去衡阳路的那家运动商品店，掏出一大把五毛钱小票子来，老板皱着眉头一一点清，然后把一只黑白相间、干干净净的"登禄普"篮球交在我手中，我的心跳约每分钟两百多下。"峨眉三矮"改组，阿曲被除名，现在我也是一名球主了。

从此就没昼没夜地打球，放学以后和大嘴他们在土球场上混，直到篮筐成了一个模糊的圆形线条，夜间部主任出来赶人。每晚四肢无力，不漱不洗倒下去就睡。次日背着书包抱着篮球上学，经常书包放学后就没打开过。

有一天放学父亲发现我没带着宝贝篮球回来，就盯住问。我说球交给一位同学保管，明天上学就还。父亲问同学是谁，靠得住吗？

"靠得住！就是常来找我的那个大嘴。"

"大嘴？"他更不开心了，"每次把手指头放在嘴里吹口哨叫你的那个人？他是在叫人还是叫狗呀？"

父亲要我马上去大嘴家把球要回来，我不肯。

"大嘴的家住在哪儿？"

可要命了，我深知父亲的执着，逃难了大半辈子，他对物件的归属权很看重。这回一定是想亲自去大嘴家要篮球。我闷着头不告诉他，顶了一句：

"篮球是我花钱买的。"

"你哪儿来的钱呀！还不都是从我这儿拿的。"父亲呵呵一笑，我总觉得这句话似乎不通，那时候却想不出什么理由来反驳。

说出了大嘴的地址。父亲跨上那辆二十六寸日本制"能率牌"老自行车，它的把手特别高，骑上去就像端着一只脸盆上街，我们叫它二六慢板。我独自在家生气，这件事要是让同学们知道了，人人都会嘲笑我是个小气鬼。

半个多钟头后，父亲累得满脸通红，把球交在我手中，很慎重地说：

"记住，篮球不能愈打愈新。"

这是父亲生前的名语录之一，每次想到这句话就止不住莞尔而笑，可是喉头又开始哽咽起来。

谭老虎

当年建国中学初中部最严厉的教师，当然就是教几何的王牌谭老师，绰号谭几何，别名谭老虎，我觉得叫他谭老虎比较切合。没有通过谭老虎这一关，休想初中毕业。谭老虎戴着一副褐色镜片的眼镜，脸上从没有笑容，声音低沉，略有点上海口音，喜欢说几句成语，讲话很有权威性，说一不二。

头一堂课他上来说明一些规定：课堂里不准随便讲话，作业一定要准时交，迟交的罚重做，作业要按照他的规格来写：每页纸上下左右空出来的地方是多少厘米，一律不能错，字体要整齐，几何图形要工整正确，等等。

发回作业的时候最紧张，谭老虎会拿那些不合格的作业来一一讲评，把学生叫到前面来，先羞辱两句然后宣判：罚重做

×遍！第一次发回作业我就出了洋相，谭老虎在讲台上随手翻看一摞作业，他问：

"你们班上有一个名字叫什么正方的，是谁呀？"

我立刻笔直地站起来，走到台前，谭老虎冷笑着：

"你的字写得又不正，图画得也不方，还能叫正方？罚重做一遍。"

如释重负，重做一遍是最轻的了。老虎师自以为幽默，消遣学生是他的乐趣。

有一次他出的作业题目超级难，我又是到了次日要交的那天晚上才去做几何题目。刚打完篮球，累到睁不开眼睛，看着那几道题目：乖乖，一题也不会！事态紧急，我推出爸爸的那辆"能率牌"二十六寸慢板老自行车，带上作业本子冲到王七家去。

王七家的地方不大，住着祖孙三代好多人。比较大的那间榻榻米房间内有一盏日光台灯，几个小孩围着灯做功课。他也还没做完明天要交的几何习题，我在那里和他一同写着，其实是在那儿跟着抄。

题目做不出来，王七苦苦思索。我看见窗外昏暗的光线中，有个健壮的老头挑两只水桶，赤着脚一步一步地在院子里走，老人的脚很宽，脚趾夸张地向内弯曲，踏在泥地上特别稳重；他放下肩上的扁担，用一只大木勺舀出桶中的水肥来，就着街边的路灯灯光浇菜。我问王七：

"你阿公为什么要在晚上浇菜？"

"白天的太阳太厉害，浇下去马上就蒸发了，清早浇水又怕吵醒我们。"

五题只做好三题，明天再去问问其他的同学吧！第二天王七想出来另外一题怎么做，我把这四题整整齐齐地写上去，做不出来的那一题我就在上面写了"不会"两个字。

谭老虎发回作业的时候，把我叫到前面去。他对我怒吼：

"你在这里写'不会'是什么意思？很妙，是在说我这个做教员的没有尽到责任，教不会学生？怎么其他的同学就会做呢？学生天天来上学，就是要学会你原来不会的。你说'不会'就是不想学了吗？"

我连忙表示一定会用功努力学习。他的裁决不算重：罚重做三遍。"不会"这两个字正犯了他的大忌。

事后小郭一直说我蠢，谭老虎最不喜欢学生在作业本子上乱写字，不会做的题目也要认真地写出你的演算过程，得不到答案不要紧，谭老虎会在上面写几个字，告诉你错在哪里；下次交作业再清楚地把解题的步骤、正确的答案写出来。

写谭老虎的罚重做最花时间，就算题目都会做，必须要按照他的规格一笔一画地写，千万不可马虎，他也许不仔细看这份重做的作业，但是一旦让他发现了任何错误，又要罚重做。

最可怕的是"挂黑板"。有时候谭老虎不想讲课了，就叫几个学生上来，在黑板上解不同的题目。众目睽睽之下压力非常大，往往是明明会做的题目，到了"挂黑板"的时分脑袋一片空白，当场就傻在那里！就听见谭老虎不停地冷嘲热讽，他不发话你又不敢回座位去，只得站在黑板前一筹莫展地挨训，谭老师若是心情不好，会过来揪学生的耳朵骂道："其笨如猪。"谓之"挂黑板"。

有一次阿曲被叫上去做一道比较难的题目，阿曲的数学功力在班上大概算是中等，解难题的本事普通。他在黑板前鼓弄了一阵子，演算不出什么东西来。谭老虎说了一堆讽刺的话。不知道为什么阿曲居然敢回嘴，老虎师大怒，厉声痛骂起来，他愈说愈气，就走过去抓住阿曲的两只耳朵，将他的头朝着黑板猛撞，发出砰然巨响！阿曲的脸刹那间红了起来，连耳根和脖子都通红。

谭老虎每次考试只出三题，给四种分数：100、66、33、0分。他的考卷都是演算题，每题33分，三题都对再加一分，得一百分；答案正确但是演算中有瑕疵或不妥之处，也不给一点分数，因为几何是科学，容不得一丝一毫的错误。

发考卷时他先唱名字，再报分数；班上谁考了多少分，全部公开。我经常得到他的唱诵是：

"王正方，三十三"；"王正方，六十六！"

偶尔也蒙上个一百分，多数时就在及格边缘上挣扎。

同学们考得太糟或考得太好，谭老虎都不高兴，他说："你们在梦游吗？得零分的像野狗一样多！"

"这次题目太容易，一百分的像野狗一样多。没有拿到一百分的，送分数也不要，你们都在那里干什么？"

上谭老虎的课，内心经常处于恐惧状态。

响当当的建国中学王牌数学老师，讲课一定特别精彩吧！完全错了，谭老虎在一节四十五分钟的几何课堂上，平均讲课时间最多二十分钟左右；其他的时间用来批评时政或论述天下大势。他对于行政当局的许多作为，通常都能做出及时、尖锐、毫不客气的批判和指责，说出很多人都同意、但是又不敢说的话。

他对穿制服的人：警察、军人、情治人员，最是不假辞色，认为他们都属于为虎作伥、祸国殃民的狗腿子。记得他经常讲起抗战时期在上海的故事：日本军全面统治上海后，沦陷之前的警察换上了伪政府的制服，又在上海作威作福起来；他称那些人是"黄色动物"，还能算是个人吗？我们的校服也是黄卡其布做的，谭老虎心情恶劣的时候会说：

"你们就这样混下去吧！到时候统统都去当黄色动物，连制服也不用换了。"

几年来他在每个班上就这么大放厥词，当然会有人向有关单位报告。据说情治机构对谭老师做过调查，私下警告过谭老师，还有相关人士曾经找我们的贺校长谈话。谭老师知道了就去面见贺校长，说如果他为建中带来了麻烦，便立即请辞。校长向他保证，不会有事的，你的教学成绩很好，请放心继续教你的几何。

父亲后来告诉我：老贺的底子硬，各方面的关系都好，你们的那位谭老师就是嘴巴碎，愤世嫉俗，不停地发牢骚，只要没有实际犯了什么事，老贺就挺得住他。

比我高一届的小顾，同学们认为他是个数学天才。在旧书摊买到一本"平面几何难题大全"，他独自钻研了一阵。上几何课的时候，提出一道难题问谭老虎怎么解，因为小顾是个好学生，老师不疑有他就在黑板上徒手画了一个大圆圈（老虎师画圆圈不用圆规，画出来的都是完美无瑕的大小圈子，堪称一绝）；画好了图想法子解题目。麻烦了，这道题目超级难，一时哪里想得出解法来？这回谭老师给"挂黑板"啦！

小顾很得意，竟然在一旁小声地说：

"哦！老师不会做了耶。"

然后小顾提醒，从A点到C点加一条辅助线看看？果然，加上一条线就豁然开朗，这道题目便迎刃而解了。

但是小顾没有得意太久，学期快结束的时候，谭老虎抓到小顾犯的一个错误，大发雷霆，处罚他重做这个学期所有的作业，三遍！大考之前必须交齐。小顾惨了，忙了几个晚上没睡什么觉，方才勉强写好，交卷应付差事。

我们有打油诗一首：

人生在世有几何，何必苦苦学几何？

堂上老虎立规矩，就是把你来折磨。

作业千万别马虎，画图演算莫出错。

胆敢同我耍聪明，罚你三遍来重做。

埋首用功穷应付，考卷发下不及格。

提心吊胆挂黑板，其笨如猪就是我。

正襟危坐听牢骚，大好时光任蹉跎。

战战兢兢难度日，学了几何又几何？

恐怖的学期终于结束，我勉强过了谭老虎这一关。我们究竟学到了什么？多年之后细细回想，其实从谭老师那里学到不少：

学数学（别的事也一样）不能抄近道，必须一步一步地走下去。

整整齐齐地依规定写作业，重要的是：你自己懂了还不够，一定要有条有理地、漂亮地、具说服力地把它呈现出来。

做不出答案来的考题，就是有瑕疵的半成品，不给分数。长大了才知道世事都是如此；未完成的电影，能卖一毛钱吗？

谭老师没花很多时间讲课，但是他仔细批改大家的作业，在演算题目的过程中错在哪里，他给你点出来，虽然他的用词通常很刻薄粗暴。演算过程的逻辑正确性，更重于答案；要学会你是怎么得到正确答案的。他的考试从来没有选择题。

我们学会了如何在高压环境中生存下去。

谭老师的批评和意见自有见地，虽然不尽同意，却很佩服他的胆识，敢在"戒严"时期如此大放厥词。他启发了我们：人云亦云算什么好汉，何妨独立思考，自己也发表几篇高论？

后记

台大电机系同班的一位女同学姓谭，后来知道她是谭老虎的长女。电机系有十多个建中毕业生，大家聊当年受谭老虎教导之苦，历历如绘。哪晓得谭同学听毕仰首大笑，她说："你们只受那么一点罪，算什么？"

听她道来，方才知道虎父调教虎女，自然更加严厉无比。

徐载华纪事

放学回家，院子里有一名身材魁梧的汉子，和走廊上的爸爸交谈，他们言语生动地说着山东话；严格来讲算是鲁西口音，或称华北平原调①。这人眯起眼睛来笑着，样子蛮讨喜的，他叫老徐，报社派来的三轮车夫；以后每天接送爸爸和隔壁夏伯伯一块上下班。

不用几天我们就和老徐混得很熟。他本是山东省曹县人氏，嫌自己的名字土，在老家找算命先生给他起了个响亮的名字：徐载华，可是所有人还是叫他老徐。抗战军兴他才十来岁，离开老家跟着部队跑；后来被选入缅甸远征军，在缅甸参加过闷人山战

---

① 华北平原指河北、山东、河南接壤的地带，地势平坦一望无际，自古往来方便，平原内各地居民的语音差别不大，通称华北平原调。

役，与日军激战，一颗子弹划过他的右手食指，没打断，但是那根指头就伸不直啦！

"你看看，就成了这个样子！"每次老徐伸出右手食指来给我们瞧，弯曲曲的样子挺怪，"它不碍事，照样扣扳机，当年俺的枪法可叫准哩！"

"闷人山在哪里呀？只听过有野人山战役。"

"闷人山就在喜马拉雅山的下面。"

哇！他在喜马拉雅山下打仗，赶走了日本鬼子。

"缅甸远征军是跟美国部队一块打仗的，你见过美国大兵？"

"嗨！那时候天天跟大老美们一块混。"

"那你的英文很好啰？"

"就会那么几句。"

我喜欢英语课，对于会讲英语的人兴趣甚高。就听他稀里呼噜地说了几句英语；又问他星期一、星期二怎么说？听着似乎也对，不过好像他还是在说华北平原调。

在远征军立下战功，他从士官升到准尉军官，曾经做过某司令官的副官；坐个吉普车跑来跑去地办事，甭提多神气了，可是退伍下来没旁的办法，凭着体力讨个生活。

"蹬三轮儿要靠腿上有劲，你看俺这两条腿有多结实！"他把大腿绷起劲来叫我去碰，坚硬如石。

老徐在我们家常闹笑话。父亲是知名的语言学教授、名演说家，经常有中学老师带学生来请教，如何在演讲比赛中得到好成绩。某日，北一女中的老师带两名学生来请父亲指导，演练了好多遍，有个学生上厕所走到厨房去了，见到老徐就问他：

"洗手间在哪里？"

老徐瞪着眼睛想了一会儿，指着厨房的水龙头说：

"平常俺就在这里洗手呢！"

事后老徐说："她明明是要解手，怎么说成了洗手？"这话说得也对。

老徐最擅长讲带有浓厚中国北方乡土味的荤笑话，我们听得非常开心。其一：

"老家村子里的土财主，一心只想讨个处女做妾。媒人送来的姑娘他信不过，一律要私下面谈。口试很简单，就把自己的那话儿掏出来问对方：这是什么？若是答对了或满面羞愧地不敢看、不回答，那肯定就不是处子。终于有位姑娘见了那话儿，一脸茫然地摇着头。土财主一再追问，最后认定她真的是没见过此物，心中暗喜，就说：'太好了，今天我就教你知道个新鲜事，这个宝贝它叫作××。'不料那姑娘听了扑哧一笑说：'你这个也叫××，俺表哥的那个又该叫什么呢？'"

早年学校不教性教育，生理卫生课本的第七章，简单讲男女生殖器构造，性病须知，等。老师很无趣地念它一遍，考试很少出这一章的题目。学校老师不讲，一般家长听到孩子提起这种事，立刻怒骂喝止。对性知识极端好奇的男孩子们，相互胡扯，吹得天花乱坠。老徐叙述自己的亲身经历，绘声绘影，词句不避俚俗，情节历历在目，而且他讲起来带有权威性；于是老徐成了我们兄弟的性教育启蒙老师。

部队在澎湖县驻扎，老徐已官拜陆军通信少尉，骑着辆八成新的自行车，来往于乡间村落。

"那时候俺年轻啊！骑着辆自行车一阵旋风似的过去，村子里的女孩子个个扭过头来看俺。"

他就和村子里的一个漂亮姑娘好起来，怀孕了只好同她结婚，婚后就住在岳家。她的名字叫"春觉"；他说："那阵子可叫自在哩！晚上同春觉困觉，天天干那事儿，几年下来我横竖给了她五六脸盆子的了，甭提有多舒坦咧！"

当然他就将男女之间的房事细节一一道来，我们听得下巴都合不拢；心中暗自琢磨，那件事儿真的这么好玩吗？

老徐得意的事情说不完：某次他生病，家中大小都下地收割去了，只留年轻的小姨子在家照顾他。他早就垂涎小姨子多日，四下无人假装要水喝，水端了过来，老徐身子一歪将杯子打落在地，乘机抱住了小姨子，她说："姐夫，这样子不好。"

"中，中！可以的，没事没事。"

就同她嘴对嘴地上起劲来了。

"你同她嘴对嘴的，都是在干什么呢？"

"就是两个人使劲地裹舌头，那才叫好玩哩！"然后他就同小姨子办了那事。

老徐不是光吹牛的，他在这方面的功力我亲眼见识过。巷子口拐弯那一家，新来了个带孩子的乡下女孩，十七八岁身材健美，曲线凹凸得近乎夸张。老徐每次进出巷口，就笑眼弯弯地同她点头，她总是臭着张脸不理会。附近有棵大树，邻居经常聚在树下闲坐聊天，老徐见到那女孩抱着小孩在树下乘凉，就过去先同众小孩玩耍，再过去夸赞她抱着的小孩很可爱。纯粹是一片谎言，那小孩干瘦爱哭，挂着两道脏鼻涕。两个人就说起话来，话挺多的，气氛融洽。

几天后老徐对我说："中啦！中啦！你看出来没？"

不就是两个人闲扯，我没看出什么来。

"哎呀，你还没瞧见？俺同她抢着抱孩子的时候，俺的手就在她的嬷嬷子上蹭来蹭去的，她可没反对哟！"

对哟！想起来了，他们确实时常做这件事。

"你摸了她的嬷嬷子，怎么样？"

"嗨！热腾腾地挺着，就像刚出笼的两只高桩馒头，估计她还没开苞。"

以后还有什么发展，老徐没告诉我。

母亲不喜欢老徐，她认为老徐对我们兄弟俩，特别是我，产生不良影响；近来小方讲话带着山东口音，使用的词句粗鄙不雅，就是从老徐那里学来的！老母对老徐的眼睛最有意见，笑起来弯弯的像两道新月，俗称"桃花眼"。相书上说：

"无分男女，具桃花眼者多招惹异性，有碍前程。"

母亲说最近看小方的眼睛，好像也有点桃花眼的样子。冤枉，我的长相拜父母之赐，哪能怪我呢？

父亲认为老徐还不错，我想这是因为他们能以华北平原调畅快地交谈，大家都远离家园，老爸热心照顾老乡嘛！有一天父亲很晚才回家，没坐老徐的三轮车，进门来一脸的不高兴，他说：

"老徐跟几个人在报社附近吸毒，当场被抓，都进了警察局。"

母亲立刻大发议论："这个人太坏了，以后不准他进家门，我老早就看出来，老徐脸上有一股邪气。"

爸爸不断地叹气，自责缺乏知人之明，我们对他那么好，这个人太不知自爱了。

因为是初犯，老徐被判入戒毒中心管训六个月。

其实老徐他们吸毒的事我老早就知道。有一次在报社，我去小休息室找老徐，门锁着，敲了好一会儿，门开了一条缝，听见老徐说："不要紧的，是王二少。"

除了老徐还有另外两个老乡，屋子里乌烟瘴气的，他们在抽烟？但是气味闻起来很怪。

"俺几个在玩萧何月下追韩信，二少爷没见过吧！"

他们把香烟盒子里的锡纸剪成长方形，一端倒上一小撮白色粉末，点燃火柴在锡纸下烧着，白粉立即就变成褐色的液体球，缓缓冒出烟来。剪下香烟的硬纸盒子，卷成二三寸长的吸管，叼在嘴中就在褐色球上面吸那股烟。手中锡纸做轻度倾斜，褐色球滚向一边，底下的火跟着烧，散出更多的烟来，嘴中吸管就跟着球猛吸，等褐色球滚到尽端，转过来从另一头烧，不用多久那颗球都化作烟云，一丝不漏地被吸入口中，萧何月下追韩信告终。然后吸食者深深吐一口长气，咂嘴咂舌半露微笑地闭目小歇，脸上露出舒服的表情。

"二少爷要不要也来追一趟？"

我试着吸了几口，说："味道苦苦的。"

"是喔！小孩子尝到的最准，日他娘的，这回俺多付了好多钱，那个狗日的还是在里面掺了假东西。"

"你们为什么要吸这玩意儿？"我问。

"这东西可好了，吸了它去办那事儿，就跟上了发条似的厉害。"

老徐以右手小指留着的寸来长指甲盖挑起一撮白粉来，他说："就吸这么一点点，干起事来能顶四十分钟。"

老徐一再叮嘱，这事绝对不能说出去。

半年后乡音如故，胖了一圈的老徐来我们家，向爸爸深深一鞠躬。爸爸问："戒掉了吗？"

"早戒了，在那地方怎么能不戒呢？"

"怎么蹲监狱反倒胖了，里面的伙食不错嘛！"

"伙食好个啥？天天吃地瓜叶，前几天还跑肚，不然更胖，这叫虚胖。"

老徐说戒毒的过程太痛苦了，关在单间牢房里没人理，不给解药，实在难受到过不去了就用头使劲撞墙壁，撞到失去知觉最舒服，隔不多久醒过来更加受不了。

"往后就是打死俺，俺也不敢碰那东西喽！"

感谢王先生对他的大恩，报社保他出监狱，老徐希望能有机会再替先生干活。爸爸没有表明态度，说这事过几天再说。老徐出门的时候私下里叮嘱我：

"二少爷，你可得给俺上几句好话。"

母亲强烈反对，她说凡是戒过毒的人，八九成又回去吸毒。我说："可能老徐就是那个少数不再吸毒的人。"

"咦！你又知道了，"老母提高了声音，"他给了你多少好处呀？"

父亲是位刀子嘴豆腐心的北方汉子，后来还是安排老徐回报社工作。事实证明母亲的预言完全正确，一年后老徐又因为吸毒被捕，判刑三年。

几年后的某个寒流夜晚，隐约听见门外有熟悉的声音低声叫唤："二少爷，二少爷！"

出门一看，老徐靠在墙角，憔悴的两腮深陷下去，目光无神。这次出狱有半年了，找不到工作，上个月去一家工厂拉货，活儿还不错没几天就病了。他一直身体挺好的，现在不行了。他说：

"不中啦！蹬车子小腿肚子就抽筋，半边头疼，这两天眼睛也看不真了，所以我想你就跟先生太太说一声，老徐病得很厉害，先借几个钱治病——"

见到我面有难色，他止住不说了。神情沮丧，身体慢慢地沿着墙蹲了下去，一条大汉蜷曲萎缩成一团。

"前个月把澎湖家里的俩孩子接了来，就在那边违章建筑里挤着住下。天气太冷小孩子的衣服不够——二少爷，治病的事就不提了，你跟太太说一声，有那些旧衣服、旧褥子先别扔了，替俺的孩子留下来好不？"

听得我心头酸酸的，把口袋里的七十块钱掏出来给他，约好后天晚上来拿旧褥子。

一年后的春节，老徐身穿深色西装率领妻小来拜年，他仍然消瘦但气色不错。最大的孩子有五六岁了，那位澎湖来的"家里"，背着一个小女儿，她肚子又微微凸起。老徐拿出一张名片来，双手恭敬地捧着呈给父亲，他说：

"这些年全靠着先生太太照顾，不然的话俺早就喂了路边的野狗了。"

爸爸看了看名片，说："哦！你现在是经理了，不错呀！"

"几个朋友凑钱开了个茶叶庄，我给他们看铺子。就在衡阳路过去的那拐角后头，二少爷没事来柜上玩玩。"他送上一罐包装漂亮的茶叶。

某次我按照地址去找他的茶叶铺子，绕了几条街没见到这家店。

大学毕业出国留学前一周，每天忙得团团转，傍晚回家，母亲见到我就说：

"回来啦！刚才有个女人抱着小孩找你要钱呢！"

我跳了起来，这是从何说起？母亲笑着说：

"开始我搞不清楚是怎么回事，这一年来你每天很晚回家，从来不说去哪里，谁知道哇！你又生了两只笑起来弯弯的桃花眼。"

"妈，怎么又扯到桃花眼上头去了？"

"后来那女人把你说成'方正'，就知道不对了。再问下去她马上哭起来，哭得好伤心。她是老徐的另外一个女人，生了个孩子，上个月老徐跑啦！她说老徐经常提到有个王家的二少爷，对他很好，所以就厚着脸皮来借钱，唉！我给了她些钱，你说这长着桃花眼的男人多么要不得。"

矮冬瓜与傻蛋

矮冬瓜是我们的国文老师，个子特别矮小，只比班上最矮的同学高大概两厘米吧！读起诗词来广东乡音很重，而且会口吃，但是没有人敢笑他，因为他生气的时候两只眼睛瞪得很大，样子蛮怕人的。

同学都知道他很"贼"，上课时会若无其事地走到学生的座位前后，然后猛一转身，抓到某个上课偷看小说的同学。嘲笑身材矮小的笑话，千万不可以在他面前讲，他对这事特别敏感。大家也都知道得罪矮冬瓜的后果太严重，因为他最是学校"人二室"①的重要分子，如果被他扣上"思想有问题"的帽子，日子就

_____

① 台湾"戡乱动员"时期，各单位设立人事处第二办公室，简称"人二室"，人二室的成员经过拣选和特殊训练，直属法务部。他们的任务是"保密防谍"，向上级举报思想有问题的分子。

不好过了。

有一天矮冬瓜在下课的时间来到教室，叫同学们搬几张椅子到走廊上去，我身先士卒，拿起我的椅子跟着他走；因为上个星期偷看武侠小说，被矮冬瓜当场逮个正着，正在找机会力图表现。

在一幅大墙报的下面，三张椅子并排放好，上面再放上两张椅子，同学们小心翼翼地扶矮冬瓜站上去，他动作夸张很戏剧化地用力将墙报撕下来，脸涨得通红，义愤填膺的样子，口中念念有词：

"这些人的思想有问题，思想都有问题。"

他把"问题"二字说成"闷台"。各班同学都来到走廊看热闹。

上午我看了那张墙报，是高年级某个班级办的，上面登的都是纪念五四运动的文章和漫画。讲民国八年（1919年）在北京发生的学生爱国运动，呼吁落后的中国应该发展民主、科学，推崇"德先生""赛先生"，发起白话文运动，等等，内容蛮有趣的。

五四运动后的两年，父亲在北京师范大学读书，他对五四运动的评论极为正面，曾多次向我们兄弟讲五四运动的故事：这个运动太重要了，它敲醒了千千万万沉睡中的中国知识分子。

为什么矮冬瓜对五四运动的意见这么大？第二天矮冬瓜在班上没有讲课，不停地大骂那张墙报：

"今天我们退居台湾，就是五四运动造成的！五四运动是滋养共产主义的温床，共产党借着这个运动而兴起。现在我们只剩下台湾这个仅有的反共抗俄基地，正积极准备反攻大陆，拯救身在水深火热中的同胞，竟然还有人在这里纪念五四运动？他们究竟是何居心？这些人的思想太有问题了。办墙报这一班的级任老师必须要向大家解释清楚，你是有心地想毒害我们年轻同学的纯真心灵吗？"

矮冬瓜很激动，口沫横飞地讲了半个多钟头。

办纪念五四运动墙报的老师和同学们不服气，一状告到贺校长那里去。校长召集大家开会，说没收墙报必须要有正当的理由，矮冬瓜大概在校长面前又说了他的那一套。1919年贺校长正在北京大学国文系读书，亲身经历过五四运动，大概不会同意矮冬瓜的说法。最后校长裁定：没收的墙报应立即发回。同学们将它修修补补之后又贴上去了。

矮冬瓜修理傻蛋的那桩案子也踢到铁板。

隔壁班的傻蛋和我的交情不错，他是个块头粗壮、傻呵呵、个性慈厚的家伙。同学们叫他傻蛋，听着不高兴，他说：

"谁要是再叫我傻蛋，我就同他一对一地单个比画！"

我劝他算了，人家不叫你傻蛋，也会取一个新的外号。

"什么新的外号？"

"人家叫你'屎蛋'，你又能怎么样呢？"

他想了想，勉强接受傻蛋这个名称。

傻蛋的兴趣广泛，贪玩，成绩和我差不多烂，常常带一些新奇的东西来学校，在同学面前炫耀，譬如大陆的邮票。当时喜欢集邮的同学多，但是都没见到大陆的邮票，傻蛋带来的那几张"沦陷区"货色，就很稀罕抢手了。

集邮的同学把大陆邮票传来传去，还用放大镜来仔细观察研究；发现有一两张本来是中华民国邮政发行的，盖上了中华人民共和国的圆印章，就在大陆通用起来了！某高年级的集邮老手说，这种邮票属不正常的怪胎，要好好保存起来，将来它肯定会很值钱。我们彼此都非常小心，千万不能让矮冬瓜知道这件事情。问傻蛋是从哪里弄来的大陆邮票，这小子只做了个神秘的微笑。

有一次他带来两本大陆的《人民画报》，这种画报更是没人见过，大家抢着看热闹极了。自然逃不过矮冬瓜的敏锐调查神经，当天下午两本《人民画报》都落到了矮冬瓜的手中。放学前，面色凝重的矮老师叫傻蛋跟着他去训导室。傻蛋神色自若，似笑非笑地跟着矮冬瓜上楼，我和其他十几个人跟在后面。

办公室的门紧紧地关着，隐约听见矮冬瓜以尖锐嗓音长篇大论地说话。大家很替傻蛋担心，私下讨论：这件事可以很严重，会是什么罪名？"为共产党宣传"的罪名不小，如果他们认真地办下来，傻蛋这小子恐怕至少要记上两个大过，以后的日子简直不用过了。还有，傻蛋的家长一定也会被调查：你们从哪里弄来的《人民画报》，是潜伏的共谍吗？

傻蛋在训导办公室待了很久，其他同学早纷纷回教室，收拾书包回家去了。我不放弃，还站在门口等着，心中暗念：这傻蛋真是蛮傻的，平常讲话不知轻重，矮冬瓜整人从来不手软。

然后见到傻蛋一个人从训导处办公室走出来，有点跷兮兮地同我点头，到了楼下走廊他才说：

"开始的时候那些人都对着我吼叫，问我的家长是谁，告诉他们了，他妈的，他们的阶级实在太低，连我爸爸是谁都不知道耶!"

"喔!万伯伯是什么阶级,中将还是上将?"我问。

傻蛋跩里跩气地扬起头来,微笑不作答复,那个表情好像是在笑我简直和矮冬瓜一样无知,样子蛮讨厌的。逼问了好几次,他才说:

"我爸是中统①秘书长。"

"矮冬瓜他们没听过你老爸的名字?"

"就是嘛!其中有个人说他听过这个名字,拨了电话去问,然后讲话就突然变得很和气了。"

之后矮冬瓜对傻蛋说:"你回去向令尊解释,按规定学校里不准有《人民画报》传来传去的,这样子我们的工作很难做,以后你家里'沦陷区'的东西不要再带到学校来了。"

---

① "中统"是由国民党"CC"系领导人,陈果夫、陈立夫兄弟二人组成的"国民党中央执行委员会调查统计局",负责主理情报工作。同盟会元老陈其美是蒋介石的结拜大哥,陈其美的两个侄子即果夫、立夫;他们兄弟在国民党迭任重要职位,曾有"蒋家天下陈家党"之说。陈立夫、张厉生、朱家骅等先后担任过"中统"局长,实际工作负责人是副局长,副局长之下就是秘书长。

另一情报调查单位"军统",是从"中统"的第二处分出来的,原负责人是蒋校长的爱将戴笠。设置军统、中统二调查系统,以便互相钳制,保持平衡。之后蒋经国成为台湾正式接班人,情治单位改组,两个机构合并为一。

"你一点事也没有?"

"当然没有事,他们敢把我怎么样?"

有时候傻蛋邀我去他家混,趁大人不在,我们就跑到他父亲的书房翻看东西;《人民画报》堆在墙角有一大摞,还有很多大陆出版的杂志和书,傻蛋说他老爸每天在做重要的大陆研究工作。那些书报杂志对我的吸引力不大,在傻蛋家最盼望的事就是陪万伯伯喝酒。

他父亲中等个子,蓄小平头,神采奕奕地讲着带有江浙口音的话,很喜欢谈过去家乡的种种。下班回来吃的那顿晚餐十分讲究:厨房先上来几碟小菜,烤麸、熏鱼、臭豆腐之类的,再烫一坛子花雕酒;主菜多半是新鲜味美的鱼虾类。平常就是他老先生(最多五十岁吧!)一个人自饮自酌,小孩子是不准上桌的。

我自幼最擅长讨大人的喜欢,装作很用心的样子听讲话,再顺着他们的意思奉承几句。大概我在万府的礼貌周全,应对得体,万伯伯很喜欢我,混到吃晚饭的时光,万伯伯就叫我上桌陪他喝两杯花雕,平时傻蛋只能在旁边吞口水,这时候他也能借机会凑上来吃喝,大家都好开心!

某次万伯伯教我吃一样好东西:醉蟹。他先以乡音做了一番解释：上海那边阳澄湖里养的螃蟹是最好的，只在秋天这个季节才吃得到，螃蟹就得吃它的鲜，从大陆运过来很不容易，时间久了就不鲜了，所以用酒把它泡起来，醉蟹的味道也很好哪！每年有朋友从大陆带醉蟹到香港，再空运到台北。

"爸爸在那边的学生很多，到时候一定会送好几打过来孝敬老师的。"傻蛋在一旁做注脚。

从来没见过更没吃过这样的好东西，盘子里分到一只醉蟹，却不知道如何下手。就跟着万伯伯有样学样：慢慢用小钳子小叉子有系统地剥开、分解，将螃蟹各部位的肉、带酒味的汁液，无一遗漏地缓缓纳入嘴中，间或啜饮一口温热的花雕酒。唉！真是世间美味。

之后我对我爸爸长年遵奉的饮食信条，产生了根本性的怀疑，他说："蟹不如虾、虾不如鱼、鱼不如鸡、鸡不如肉、肉不如大肥肉。"

可是醉蟹多好吃呀！

又要考学校了

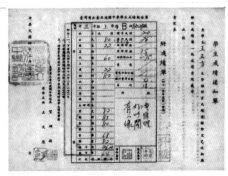

初中三年级上学期成绩单
名列第十八

岁月飞逝，没认真学习也没好好地玩，我已经是初中三年级的学生。

历史老师王建秋是级任导师：头发半秃，肚子凸出，嗓音高亢洪亮，一口纯粹的京片子，不时说几句英文（他的英文也是"京味儿"十足），如数家珍地讲中外历史故事和掌故，非常吸引人。某次他在课上讲14世纪欧洲的工业革命，头一句话就是"Industrial revolution"（工业革命），有如说相声的开场白，铿锵生动，下课铃响了他还在讲，同学们专注不舍，教室每个窗户外都挤满了人头，好多别班的同学就在走廊上站着旁听，如此的叫座。

王老师头一次点名，字正腔圆地叫名字，同学要大声答："有!"再直挺挺地站起来，双臂垂直贴在两侧，他从头到尾看你一遍，片刻再微微点头示意你可以坐下了。我的名字被叫到，马上挺胸站直，摆出的立正姿势相当标准。王建秋老师的眼光锐利，如同探照灯一般上下扫描了个够，他说：

"好好儿念书啊!"(第二个"好"字发第一声)

老师们都已知道我是个不好好念书的料？其实我很喜欢上王老师的历史课，小时候的记性好，历史事件、年代等过目不忘，记得我的历史考试成绩不错。

数十年后，母亲在台湾搬家，翻出来许多古早老文件，她寄了一大包到我的美国住处，短函上说：

"小方：这些东西虽然老旧，都是你过去淘气的记录、淘气的姿态，你留着做纪念吧! 母字。"

再度见到初三上学期的成绩单，久违了，仔细读来不胜唏嘘。历史87分，在班上算是分数很高的了，王老师的分数打得严；其他科目的成绩不说也罢，嗜！又有什么好遮掩的？大丈夫敢做敢当，不怕成绩单难看：代数60、几何72、国文72（国文老师矮冬瓜对我有意见）、英语80、音乐68、地理83、公民80、物理80、图画82，总平均76，操行成绩76，属乙等；名次，第十八名。

这是我在建国中学六年间的最高名次。第一学期在补校，至少名列前三，所以才能转入日间部，但是想起来，那确实有点胜之不武。

在王老师的教导之下，我的表现算不错的咧！但是在评语栏中，导师写着："无条理、好吵闹、有人缘"。

直到今天我只认同他三句评语中的两句："好吵闹"始终如一，不吵不闹趣味不到，只要有三个人在一起，我就能凑出一出戏来；"有人缘"那还用说，一生广结天下文武豪杰，不可胜数，但是我的敌人数目也不少，不过我的好朋友素质高，比那些敌人高出许多倍。

说我"无条理"可真的不服气，自己觉得一向处事条理分明，待人以诚（但有时候嘴巴不饶人）、基本上谨守本分不逾矩（犯规没被逮到）。不过王老师批评的是一个十四岁大的浑小子，那个时候可能做过不少无条理的事吧！

父亲知道一些王建秋老师的背景，说凭他的学历和学识，应当可以在大学教历史。在那个年月的台湾，中小学生真的有福报，校内的老师们卧虎藏龙，许多曾在大陆有高学位、特殊不凡的经历，在中小学教书真是绰绰有余。学生最喜欢听他们讲自己的真实人生故事。

有位代课的魏老师，上国文课从不看教科书，任何一篇古文、诗词，提个名字就能一口气铿锵有力地背出来，又能讲出这篇文章的许多历史背景、佚事、典故。同学们却最爱听他在山东打游击的故事，他以特殊的山东方言描述在丘陵地带与日本兵捉迷藏，放两枪就走人，又神出鬼没地出现，鬼子兵疲于奔命。说到紧张的情节，全班都不敢喘大气，全神贯注地倾听。

地理老师姓朱，一位高大威猛的北方汉子，腹部坚实地凸了出来。他青少年时曾遍游大江南北，讲到中国各省的山川地形、物产人文之外，总忘不了大谈各地的美食，真能说得一口好菜。最令我记忆清晰的是某次他描述山东省德州烧鸡的滋味，他说：

"一口咬下去，香喷喷热乎乎的鸡肉，鲜嫩又很有嚼头，肉汁就顺着下巴淌到脖子里去喽！"

朱老师在新疆吃过哈密瓜，但是那是个天气很冷的晚上，哈密瓜冰到牙齿发酸，尝不出它的味道来。新疆的日夜温差很大，他说：

"在那个地方是早穿棉来午穿纱，围着火炉吃西瓜。"

多年后听说王老师、朱老师他们，先后都去了文化大学、淡江文理学院教书。

班上少数成绩优秀的同学，可以直升高中部，当然没有我的份。父母亲一再提出警告：这次考的是台北市五省立中学联合招生[①]，一定要好好准备，考上建国中学是我们王府的第一目标！不能像上次那样，一点书也不读就闭着眼去考，多跟你哥学学，好好用功。唉！这一套又来了。整个暑假逼着自己早晚复习，没敢出门鬼混，母亲对我这次的表现基本上相当满意。

林宏荫来找我，他说："你报名考工专了没有？"

"为啥要考工专？"

"哎呀！你什么也不懂，台北工业专科学校招五专生，初中

---

① 民国四十二年（1953）台北市五省立中学：建国中学、省立师范大学附属中学、成功中学、台北第一女子中学、台北第二女子中学，五个省立中学，再加上台北市立女子中学，联合招考高中生。

毕业生可以去考，五年之后就可以出来做事挣钱了，我们去报个名一道考考看？"

　　能不能考上建中高中部，心中实在没把握。这次的五个省立中学联合招生，建中绝对最难考，我填的第二、三志愿分别是师大附中、成功中学。但是如果考得太糟就会和三年前一样，只能上夜猫子补校了。没向大人报备，偷偷报考了台北工专电机科。

　　在台北工专考完了出来，自我感觉不错，题目都不难。与林宏荫对了对那几道不太有把握的数学题，发现因为性子急，犯了两个粗心的小错误，其他都应当答对了。

　　过了一个星期，这次信心满满地去应考五省中联合招生，因为我刚考过工专，算是经验丰富了。我的妈妈哟！是哪位老师出的数学题，比谭老虎的考题还难，自然学科也难，走出考场，蹲在校园的大榕树下发呆。看见林宏荫慢慢走过来，他说：

　　"我肯定做对了三道数学题。"

　　听起来他比我强多了，脑袋一片混乱，完全记不起来刚才做的是对还是错。

　　晚饭时父亲问我："今儿个考得怎么样呀？"

　　我满嘴含着饭菜，支支吾吾地出了些声音。

妈妈说："吃完饭再说吧！"

老爸的目光从眼镜片上端射过来，我不敢看他。饭毕，老爸泡了一杯浓茶，坐在院子里大口喝着，发出很响的声音来，然后哼起《空城计》的那一段：

"我本是卧龙岗散淡的人——"

他没再追问我。

台北工专先发榜，早起去看榜，我考上了电机科，排名还在挺前面的。回来偷偷告诉老母：

"妈，我有学校上了，台北工专电机科，不过还得去口试，应该没什么问题的。"

"啊？又在搞花样，都在说什么呀？"

五省中联合招生委员会要各考生在家静候通知。那几天每日早起心神不宁地在门口张望，生怕错过了早班绿衣邮差送来的信，这份难看的成绩通知单若是落入哥哥的手中，后果必定不堪设想。

终于盼到了它，通知单折叠起来寄出，比其他的信小一半，塞入口袋躲在厕所里，心怦怦地在跳，打开通知单先急着找数学得了几分？

数学：22.5分！顿时头疼欲裂，这下子岂不是整个完蛋？其他几门的成绩还算过得去：国文77.5、社会学科73、自然学科55.75、英文68；总分296.75。

五门学科考满分应有500分，我的总分还不到百分之六十，情况实在不妙。再看下去有两行以蓝色印章印的字：

"录取，分发学校及口试日期请看考榜。"

什么？分数这么不好看，可是咱考上啦！冲出厕所来大喊："妈，我考上联考了呀！"

妈妈抬起头来看着我，一脸狐疑。

通知单的右上角，印着几行浅蓝色的字：

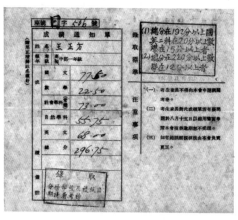

1953年报考台湾五省中联合招生成绩通知单

　　"录取标准，一、总分在192分以上，国英二科在20分以上，数学在15分以上者；二、总分在220分以上，数学在12分以上者。"

　　可见这次招考旳题目有多么难，还是考生的程度普遍低落？我考得不错，成绩超出录取标准很多，举家为之欢腾。大家高兴的原因是：原来对我的期望非常低，这次被录取就很好了啦！

我也是保送班的学生

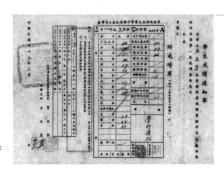

高中一年级上学期成绩单
英文、数学不及格，老师评语是：
学行俱优

依第一志愿上了建国中学高中部，口试后分在高中一年级C班。这是个重点班：成绩优秀的保送生占一半，其他是联合招考成绩大幅超目标考生，校方把他们聚集在一起，计划在三年之后，这班学生在考大学时飙出傲人的成绩来！

我也侥幸忝列其末，免不了心中乐滋滋的足足有好几个星期。出出进进摆出一副好学生的模样来，实际上还是懒惰如故，花很多时间打篮球、看武侠小说、闲扯淡、谈论女孩子。

班上的同学个个是高手，回答问题既快且准，作业写得整齐正确，考试成绩个个分数漂亮，我一下子就被他们给比下去了。一直以为自己的作文还不错，只要逮到个好题目，尽情地发挥两下子，就能拿到高分。

国文老师陈肇凤也是我们的导师，他脾气好，讲话慢吞吞的，可是作文分数给得十分吝啬，多数只给六十几分。我自觉有一篇写得不错，发回来也只有74分，还附上评语："似有见地，但未能自圆其说"，写的是什么内容也不记得了。

几个名列前茅的同学互相比看分数，问我：

"你这次的作文有几分?"

"74分而已。"

"很好了耶，我们最多只有七十一二分，他每次都给白先勇八十多分。"

白先勇也是从初中部保送上来的好学生，他的国文、英文经常受到老师的夸赞。

最头疼的是应付不了赫赫有名的"杨三角"，这位教三角的数学老师，有个书生造型，戴着一副很不时髦的塑料眼镜，不苟言笑，操江南口音，把三角说成"三尬"。

杨老师对作业的要求严格，格式一定要依照规定，演算和证明的程序必须清楚，不准迟交，违规者扣分。到了要交作业的那天，杨三尬站在讲台上只说一句话："习题本子交得来!"("来"字的发音作"乃")

此时班长早已准备就绪，将上课前就收集好的一大摞习题本子捧着放到讲台上。杨三尬改作业很仔细，大小错误都用红笔点出来，有时还说明了你错在哪里。三角题很多是证明题，不全在寻求它的正确答案，是极好的逻辑推理训练。

然而我那时候完全心不在焉，没有把注意力放在任何一个科目上。头一次的三角月考，我得分16，全班倒数第一。三尬先生出的题目不算难，而且有五道送分数的选择题，每题四分：问几个简单的三角学基本定义，我还选错了一题；其他几道演算证明题则是全错。

那次考试全班倒数第二名是瞿树元；我的小学同班最聪明的好哥们儿，他当然也在保送班。其他的老友还有我们小学的班长江显桢，老友林宏荫、小郭、王七……都是令人敬佩的俊秀之士、一时之选也。

树元因为把注意力放在南宋诗词方面，还没来得及去钻研三角学是何方神圣，就在考卷上胡乱发挥起来，演算题全错，三尬铁面无私，给了瞿树元20分，表示他只答对了那五道选择题，我们二人成了难兄难弟。

可是自此以后，树元开始仔细用心研读三角课程，很快地就豁然贯通，对他来说三角学无疑是小菜一碟，成绩立刻飙了上去，他一直是保送班数一数二的优秀学生。我依旧浑浑噩噩地在班上苟延残喘，数学成绩一路殿后。

我最喜欢英语，下功夫记住许多生词，自觉发音比其他同学正确，有时在班上耍宝，就站在椅子上，表情十足，大声响亮地背诵林肯的盖提斯堡演说：

"Fourscore and seven years ago our fathers brought forth on this continent, a new nation, conceived in Liberty, and dedicated to the proposition that all men are created equal——"

有同学说，你这架势就像那个好莱坞电影明星，他叫：叽里咕噜·屁股（Gregory Peck），听了这话心中喜不自胜。

父亲赚外快贴补家用，在家里教外国传教士说中文，我很敢同他们做英语对话，虽然有时说得错误百出。那时候的台湾英语教育，不注重口语表达能力，胆子大不怕丑敢讲几句英语，并不能在英语课上拿到好分数。

高中二年级在同学面前以英语诵念林肯盖提斯堡演说。同学说像好莱坞明星叽哩咕噜·屁股（Gregory Peck）

　　高中一年级的英文老师，上课时大半时间以中文讲解英文文法，花很多时间告诉大家什么时候用"the"、什么时候要用"a"之类的。她偶尔讲几句英文，有点结结巴巴的，我怀疑她讲不出太多的英语来。有这种想法就透露出对师长的不敬，终将自讨苦吃。或许我的言谈态度已经泄漏出这种不敬之意，这位老师对我不太满意。

　　英文考试成绩总是欠佳，犯太多的低级错误：拼错了单词；动词的现在式、过去式混淆不清；人称上的错误；字迹潦草，等等，被一一扣分，真的很冤枉。

高中一年级上学期转眼就过去，成绩单发下来登时傻眼！三角57、英文54、国文67，其他科目都还过得去；没有总平均成绩，也未注明升级或留级；该生要经过补考，方能决定可否升级。

杨三尬先生铁面无私，硬是不多给三分让我及格；英文老师大概极为受不了我在班上的胡说八道；陈肇凤先生给的国文分数，就和他打的作文分数差不多。操行：乙。

记忆中我的操行从来未曾得过"甲"，到现在还是不知道应该怎么样表现，才是个"甲等"好学生。但是陈老师在成绩单的评语栏上写了："学行俱优"四个字，它与成绩单上的分数，似乎不相符合。

两门主要科目不及格，这一年的春节假期必须准备补考，过得很不愉快。爸、妈、哥哥以责备、同情的眼光看我，我每日抬不起头来，在家里闷着K书。通常补考的题目都不难，开学前一周去应考，顺利通过，可是成绩单上这两门课的分数各为60分。管它的呢，顺利升级，我还是建国中学保送班的学生呀！

"成绩这么烂还蛮得意地乱混，你简直是个不知耻的东西！"老哥时常说这种话来消遣我。

真的没有什么耻辱感，我在班上人缘好，还是在上课时出其不意地讲一两句"逗哏"的话，扰乱课堂秩序，但是大家听了笑开怀。"逗哏"可不是瞎编的，要有出处才够水平。瞿树元拿来一本《笑林广记》给我看，里面的笑话多而精彩，取之不尽、用之不竭，读后爱不释手。《笑林广记》是正宗的中华古典文学，它为我提供了理直气壮的、重要的素材，我们的祖先就是这样无所忌惮，开怀地讲出幽默有趣的笑话来。其一《当郎》：

"一妇揽权甚，夫所求不如意，乃以带系其阳于后，而诳妻曰：'适其用甚急，与你索不肯，将此物当银一两与之矣。'妻摸之果不见，乃急取银二两付夫，令速回赎，嘱曰：'若典中有当绝长大的，宁可贴些银子换上一根回来，你那怪小东西弃绝了也罢！'"

在班上我以白话版本，加油添醋地讲给同学听：

"有位太太钱管得很紧，丈夫没钱花。他想出一个办法来：将自己的阳物绑在后面。某夜妻子想同丈夫办好事，却摸不着丈夫的那话儿，怎么回事？丈夫说：'一时有急用，你又不给我钱，就在当铺把它当了一两银子。'妻子紧张起来，拿出二两银子交给丈夫，要他快点去赎回来。临出门时妻子叫住他说：'你给我听着，要一两给二两，你以为我糊涂了吗？当铺里有那又长

187

又大的就多贴点银子换一根回来，你原来那怪小的东西就丢弃了吧!'"

大家都熟知之后，某老师正在训斥某同学的成绩退步、上课心不在焉等，我就插嘴：

"他把那东西当了一两银子，心里着急，担心没钱赎回来。"

全班哄然大笑，老师为之茫然，不知道这群小伙子到底在笑什么。

陈肇凤老师只教了我们一学期，听说他去了省政府教育厅，出任陈雪屏厅长的中文机要秘书。陈老师有识人之明，在那么久远之前，已经看出来白先勇特有的文学才华。但是我当时是个理路不清、混乱无章法的少年，他为何给了我个"学行俱优"的评语呢?

罚站的学生不准发言

民国四十年（1951）10月10日，建国中学还有其他各大学中学的全体师生，集合在"总统"府广场前列队参加庆祝大典，人挤人地唱歌、挥动小旗子、呼口号，好不热闹；类似的庆典我们一年要去好几次。

当时的台湾省省主席，是前上海市市长吴国桢。那天主席台上有什么人，讲了什么话，事隔久远早已记忆不清，但是我特别记得省主席吴国桢讲的话。吴主席的口齿清楚，不带乡音，他引用了论语中"四十而不惑"那句话，大意是说：

"人到了四十岁以后就不再疑惑，中华民国也是一样，今后我们就坚守反共抗俄的信念，赢得胜利，解救大陆同胞——"

一周后老师出的作文题目是："双十节感言"，同学们纷纷引用吴国桢那天讲的几句话。

为什么至今我还记得这回事？因为那天吴主席将"四十而不惑"说成了"四十而不活"。晚饭时我问爸爸："那个字到底该怎么念呀？吴主席说四十而不活。"

"这话不吉利，哪里能够刚过四十周年就不活了呢？"爸爸笑了，"不用担心，中华民国到一百年也不会亡，你看四川那个军阀，他叫什么名字来的，收税已经收到民国一百多年了。咱们吴主席这么说话，弄不好要丢乌纱帽的。"

没有多久吴国桢的省主席真的被撤换了，当然不是因为他在双十庆典礼上说那个"惑"字的发音有误。

记得在高中一年级下学期的时候，全台湾的机关学校都在进行全面"批判吴国桢"的活动。当时的"立法院长"张道藩在广播电台上批评吴国桢：

"吴国桢是我几十年的朋友，没想到他做出这么多对不起国家的事情——"

吴国桢已经赴美国讲学，离开台湾有一段时日了。

某天下午，军训总教官召集所有高中部同学在礼堂集合，汤总教官操一口河南腔，站在台上拿着一份材料，指手画脚一套接着一套地骂吴国桢；

"——吴国桢的罪名有：擅离职守、拒办移交等十多条罪状——"

大家彼此面面相觑，交换眼色，心中都明白，今天恐怕要待在这里很长的一段时间喽!

突然，前排高年级班发生了声音颇为响亮的阵阵鼓噪，汤教官自以为幽默地朝着那个方向问:

"怎么那边乱得像巴尔干半岛似的呢?"

同学举手发言:"这里有个同学在队伍里乱讲话。"

"同学们一定要先举手，我准许了发言你才能发言，这是我们最起码的革命纪律。那个同学乱讲了什么话?"

"他说教官刚才讲的完全是胡说八道。"

事态严重了。汤教官命令那个乱讲话的同学到讲台上来;乱讲话的同学个子不高，一脸不高兴，慢慢走上台去，垂手立在汤教官面前。很多人都认识他，他是吴修潢，吴国桢的二儿子，比我们高一届，应该是丁肇中他们那班的。我要是吴修潢必然也会很恼火，在大庭广众之下听那教官，声嘶力竭地侮辱自己的爸爸，谁受得了哇!

汤教官的面前有了个活教材，他讲得更来劲了，抑扬顿挫、节奏加快，这套材料他大概也记得烂熟，说起来非常流利顺口。吴修潢先是一脸的不屑，然后头缓缓垂下来；忽然他扬起头来举手大声地打断了汤总的河南快板：

"教官，我可不可以讲几句话？"

汤教官不以为忤，很有自信地说：

"可以呀！你有什么不同的意见就说说看。"

吴修潢从头说起，声音远不如汤教官的嗓门洪亮，还没说得几句，台下有同学举手要求发言，汤教官指着那人说："你有什么话要讲？"

那个同学大声说："正在接受处罚的同学，不应该发言，我提议散会。"

台下有不少同学表示赞同，拍手鼓掌的声音此起彼落。汤教官双手一摊，很有民主风范的样子征求大家的意见："同学们怎么看？赞成不准他发言的请举手。"

绝大多数的同学都奋勇地举起手来，我猜大家都想早点解散回家吃晚饭了。汤教官点点头，他说：

"同学们听懂了我今天讲的这些话吗？"

"听懂了!"全场齐声吼叫着回答。

"听懂了就好,刚才没有举手赞成的同学,都给我站起来。"

哎哟!我也没有举手,因为我不赞成不准吴修潢发言,众目睽睽之下赖不掉,只好乖乖地站了起来。汤教官说:

"这些同学也是很好的,他们有自己的想法。这样吧!你们先留下来。其他的同学:立正!"

轰然一声全体笔直地站起来,教官领头呼了几句口号,然后下令解散!顷刻间,能容下上千同学的大礼堂空荡荡的只剩下我们几十个人,还有台上的教官和吴修潢。

汤教官继续向我们这些"异议分子"进行思想教育,半个多钟头后,再问我们听明白了没有,就听见自己的肠胃在咕噜作响,我们急忙大声喊:

"都听明白了!"

终于获得解散令,出礼堂门的时候,回头看了一眼,吴修潢跟在汤教官身后快步地走出去。

回家晚了,猛啃留给我的冷菜饭。向爸妈说了学校下午发生的事。爸爸问:

"受罚的学生不准说话，你为什么不赞成？"

我也说不出个道理来，只觉得这事儿不对劲。想了一会儿才说：

"当众骂他的父亲，又不让他讲话，简直欺负人嘛！"

"羞辱他爸爸是另外一件事，太子派等着接班，前面不能有挡路的，"父亲说，"在队伍里讲话，可以受罚，但被指控的人有申诉权，不可以剥夺他的权利。举手投票，少数服从多数在这里用不上。"

不久之后吴修潢办好手续，前往美国投奔他爸爸去了。

后记一

数十年后，蒋经国与吴国桢之间的恩怨，传闻颇多。吴国桢任上海市长期间，与蒋经国之间发生过不少不愉快的事。"国府"自大陆全面溃败，退居台湾，美方对蒋的领导深感失望。传出"文有吴国桢，武有孙立人"之说，计划发动政变以吴、孙取代蒋；吴、孙均曾在美国接受大学教育，很能与美方沟通。后来朝鲜战争突然爆发，美国打消了政变之议，但这项传说未曾得到官方的证实。

1949年底，蒋介石急需美国支持，接受美方建议，命吴国桢接替陈诚为台湾省主席；以吴国桢"民主先生"的形象，全力争取美援。吴国桢担任台湾省主席期间，推动台湾地方自治、农业改革，允许某些地方官员可以由选举产生。

1952年，台湾省第二次县市长和县市议会选举，吴国桢在台北建立培训学校，训练从各区选出的民众代表；蒋对吴的培训计划不满，而且深具戒心。台湾保安司令部逮捕火柴公司总经理王哲甫，吴认为是无辜拘捕，下令放人；保安副司令彭孟缉只执行蒋经国的命令，拒不放人，并判其死刑；蒋中正出面，改判七年徒刑。吴国桢与蒋经国间的矛盾激化，无法共事。

1953年4月，吴国桢辞去台湾省主席一职，由俞鸿钧接任。同年5月，吴国桢夫妇获邀请赴美国讲学开会，吴的老父与次子吴修潢不能同行，留在台湾做"人质"。

1954年台湾展开对吴国桢的批判：指吴国桢贪污、套取巨额外汇等节。吴国桢在台湾各大报刊登启事驳斥："此次来美，曾经由'行政院长'陈院长批准，以私人所有台币向台湾银行购买美金五千元，作为旅费，未由政府人员批准拨给分文公款——平生自爱，未曾贪污，在此国难当头之际，若尚存心浑水摸鱼盗取公帑，实自觉不侪于人类。"

吴国桢又公开批评台湾"一党统治"，批评救国团、情治单位及蒋介石独裁；台湾有六大问题：一党专政、政战掌控军队、特务问题、人权问题、剥夺言论自由、思想控制。

"立法院长"张道藩三度批评吴国桢，包括："擅离职守，拒办移交，私自滥发钞票，抛空粮食；在外汇、贸易、林产等问题的处理上，非法乱纪，专擅操纵，有意包庇贪污、营私舞弊等，列举吴国桢十三条罪状。"

1954年6月，吴国桢在美国《展望》杂志发表：《在台湾你们的钱被用来建立一个警察国家》一文。指目前台湾已是一警察国家，"在台湾每年的预算中，美国人提供了30亿～40亿美元，用来创造一个极权'国家'"。美国著名报刊《纽约时报》《芝加哥论坛报》《时代周刊》《新闻周刊》等，无不争相报道。吴国桢在美国媒体刊出"上总统书"，批评蒋介石："自私之心较爱国之心为重，且又故步自封，不予任何人以批评建议之机会。"同时吴先生把矛头直指"太子"，主张将蒋经国送入美国大学或研究院读书，否则会妨碍台湾进步。

蒋介石发布"总统命令"："查该吴国桢历任政府高级官吏，

负重要职责者二十八年，乃出国甫及数月，即背叛国家，污蔑政府，妄图分化国军，离间人民与政府及侨胞与祖国之关系，居心叵测，罪迹显著，应即将所任'行政院政务委员'一职予以撤免，以振纲纪，至所报该吴国桢前在台湾省政府主席任内违法与渎职情事，并应依法彻查究办，此令。"吴国桢被撤职查办，并开除他的中国国民党党籍。

此时吴修潢仍滞留在台北，吴国桢公开"声明"要求蒋给吴修潢发护照，批准他去美国。吴国桢对台湾当局说：

"如你三十天后仍坚持拒发护照，我将被迫采取其他行动。"蒋介石命"外交部"发给吴修潢护照，吴国桢父子在美国得以团聚。

后记二

吴修潢同学受处罚，当时以为只是小事一桩，数十年后才知道，它是当时惊天动地剧烈政治斗争的一段小插曲。吴国桢与蒋氏父子的过节非常深，吴修潢滞留在台湾当人质，为父的救子心切，在美国媒体上暴露了蒋氏父子的许多事迹。吴国桢深谙西方文化及其宣传方式，他撰写的文章、遣词用语，被美国报刊广为采用传播，大大损伤了台湾"国府"的声誉。

最耐人寻味的是吴国桢限令蒋在三十天内，发护照给吴修潢，尽速放行，否则他将被迫采取其他行动！吴国桢所说的"其他行动"是什么？未闻其详，但是这句话显然发挥了作用，吴修潢立即得到放行，去了美国。

吴国桢掌握了不少尚未暴露的蒋氏父子秘闻，这个说法应当是合理的推测？吴国桢在美国终其余年，再也没有公开讲他过去在中国大陆、台湾的事情。

三十年后，美国旧金山发生了轰动世界的"刺杀江南血案"。台湾派出的"杀手团"，远赴太平洋枪杀居住在旧金山湾区的江南。不知内情的人多以为，江南撰写《蒋经国传》，触怒了当权者，惹来杀身之祸；但是真正的原因是江南曾单独访问吴国桢多次，正着手撰写《吴国桢传》。这本没有出版的书，将道尽许多当年吴国桢未能一吐为快的政治秘闻。消息传出，为当时台湾的"层峰"所不容，所以才安排了越洋杀人灭口的行动？

附录

恩赐江南

20世纪70年代末，家居旧金山城内，工作在郊区。下班时为了躲过市区塞车，经常到渔人码头的"小像馆"（La Figurine）稍作勾留。刘宜良兄（笔名江南）弃学从商，记者出身的他摇身一变，卖起Figurines来，而且成为专家，相当了不起。La Figurine售卖欧美精致收藏品：瓷制小人、摆设、成套的盘子，很是讲究，价格都不便宜。

我通常约六点钟过后到达"小像馆"，从来没买过那儿的东西，是专门来听江南兄谈论天下大事的。此人博闻强记、阅历丰富，一肚子的稗官野史。他曾去浙江奉化拍摄蒋氏老家，专访吴国桢数百小时，积累录音卡带百多卷。保钓运动时，在美国打小报告的国民党特务学生有谁？他都清楚。最精彩的是模仿蒋经国向政工干校学生训话，相似度达百分之九十五。

六点半谈话暂停，我们专注地看美国主要电视台的国际新闻。江南兄说这个时段的电视新闻，报道全面，不可不看。学英文是一辈子的功课，一个生字要经过四十多次的反复出现和使用，才能记住。

也曾多次到他家中继续敞开来臭聊，夫人崔蓉芝贤惠富态，话不多，通常只笑眯眯地听着。我们的话题总离不开《吴国桢传》，江南在乔治亚州的萨瓦那镇（Savannah，Georgia），为吴老先生做口述历史，条件是要等到吴国桢百年之后，这段历史才能发表。

这年吴国桢老刚去世，江南已迫不及待写了一篇文章在香港发表，透露了些许辛辣的新书内容，敬请期待。书什么时候出版？他笑着指一指堆在书桌如小山的录音卡带："都在这里。"

我觉得他出书还早，要将这堆卡带整理出个头绪来，不知道要花多少功夫。蓉芝嫂不进入情况，帮不上忙。但是也说不定，江南的精力和记忆力都十分惊人，有一天他大发神勇，不眠不休一气呵成将它完工，亦未可知。

1984年9月我赴大陆拍戏之前，去了一趟La Figurine，他预祝我拍戏顺利，颇多勉励。又谈起《吴国桢传》来，保证比《蒋经国传》精彩多多。

10月底，我在大陆偏远地区读旧报纸，见到一则新闻："刘宜良（笔名江南）在寓所遭枪杀不治，相信是台湾派去的凶手所为。"

一时被愤怒吞没，无法自持，我在现场摔桌子打板凳，迁怒、使性子，不近情理地大发了一顿脾气。

凶手万里越洋白昼狙杀美国公民，得手后扬长逃逸，嚣张不可一世。发生在号称以尊重人权为立国精神的美国本土，让美国老大哥面子上挂不住，以后还怎么用人权纪录来评论他国？

CBS电视台的新闻杂志《60分钟》，以四分之一的时段报道江南遇害。主持人黛安·莎耶（Diane Sawyer）咄咄逼人，追问某"国府"官员，该官员支支吾吾说不清楚。莎耶女士预告，他们要继续追踪这件案子。但是CBS的《60分钟》节目，或其他美国电视节目从此再也不提江南案。

在美华人和华裔美国人，对此并不感到意外，山姆大叔的人权分三六九等。美国民权运动，为非洲裔争取到的权益，华裔并不能均沾。华裔人口太少，平时不投票，事到临头哭天抢地也是枉然。华裔美国公民陈果仁，在酒吧与人口角，被一对白人父子用棒球棍子活活打死，最后凶手判决无罪。江南案在美国虎头蛇尾，有人推测，是国民党派人疏通，出优厚条件，说服美方压下这则新闻：这是中国佬（Chinamen）之间的恩怨仇杀，老大哥就省省事吧!

　　海外华人知识分子，当时对江南案的反应极为强烈，数百位知名学者、名流联名签署一封"公开信"，严词谴责台湾政府。"国府"暗中执行化解策略，有号称"才子"的部长级官员，向香港某杂志透露"内幕"：江南是双面间谍，拿了国民党的钱去奉化拍摄蒋家陵园，又接受对岸资助写《蒋经国传》诬蔑元首等等。这则独门新闻必须马上刊出，限二十四小时答复，逾期就发给别家了。这份杂志一向支持海外保钓运动，刊登过江南第一篇有关吴国桢的文章，颇有影响力。杂志社老板紧急征询各方好汉的意见：是否应该登这则消息？

　　我坚决反对，明明是"国府"围魏救赵之计，模糊是非，更涉嫌人格谋杀。但是此杂志还是一字不落地立时刊载出来，理由是：读者有知的权利，也是新闻工作者的天职。那一期的销路大增，该杂志成为"江南权威"。

　　"两面间谍"之说迅速传开，许多名流学者撤销了他们在抗议信上的签名。"才子部长"立大功，因为他极了解海外知识分子：他们或许精通专业知识，知书却不达理，分不清越洋冷血杀人和所谓的两面间谍是两回事。主使暴徒杀人，无论杀谁都是万恶不赦的罪行。百无一用的书生懦弱怕事，就一一明哲保身起来。

数年后在纽约有一场讨论会，邀请"统、独"立场不同的人士出席。其中有"江南案"小组讨论，江南的遗孀崔蓉芝将出席。列入"江南案"为了暴露台湾政府的罔顾人权，只是会议中的陪衬。 蓉芝嫂那天气色尚好，最困难的阶段过去了吧！

江南的《蒋经国传》，传记中有对经国先生批判之处，总的来说是"小骂大帮忙"，而且出版已久。江南的杀身之祸来自尚未问世的《吴国桢传》，他录下的吴国桢口述历史，必然有轰动世间的蒋氏父子秘闻。经国先生在台湾已树立了廉洁无私、勤政爱民的正面形象，不可破坏动摇，杀机莫不是由此而生？蓉芝嫂告诉我，她已经向美国法院控告台湾政府。

台湾自说自话地进行江南案司法程序，抓的抓、关的关，真正幕后主使人是谁，始终不问。最高办到汪希苓，判无期徒刑，六年后出狱。其他主犯也陆续坐了几年牢，然后继续他们的快意人生。

1990年，台湾国民党和蓉芝嫂的官司在庭外和解，台湾赔偿刘宜良家属145万美元，条件是交出来一百多卷吴国桢口述历史录音卡带。这等于是台府认了罪，花钱取得绝不能外泄的录音带。在美国的华文报纸上有一则消息："台湾'外交部'从特别费中支付刘宜良家属赔偿金，苦无名目，就叫它作'人道恩赐金'。"

多少年前的事了，现在想起来我还是会气得七窍生烟，脏话不可遏止地喷出！预谋越洋杀人得逞，这算是哪门子的"人道"，还要说成"赐下恩惠"？封建皇帝派血滴子办案，事后也不敢说那是天子的"恩赐"！

1990年台湾已经自称全面民主了，却还在搞"恩赐"的勾当，冷血杀人无法抵赖，用钱摆平，又以倨傲之姿执行"人道"，赏几个钱给受害人家属，好大的恩典！

台北近郊景美有汪希苓（下令枪杀江南的官员）软禁特展区，经过名艺术家设计，表达汪将军被囚禁时如何渴望自由！越洋杀人的司令官在台湾永远被纪念，江南却在人们的记忆中逐渐消失。

在台湾，提起人权、白色恐怖，仿佛只有"二二八"一件事。有人说，"江南案"得不到绿色政治集团的关注，因为刘宜良是外省人，美国人权也用不到这位归化公民的身上。江南是个不配享有人权的"边缘人"，在充满人权骗子的世界里，"外省人、边缘人"只有等待主子的"人道恩赐"？

白色恐怖下的姻缘

晚年的张、刘二老师

　　早就听说小学六年级的导师张书玲结婚了，瞿树元、林宏荫和我找到住址，一同到张老师家去，当然没有预先约好，那个时代谁家有电话呀？乱敲了一阵门，一位长头发、眉宇轩昂的男子开了门，声音低沉："你们找谁呀？"

　　几个小子愣住了，说不出话来，然后听见大家熟悉的笑声，张老师满面春风，惊喜地招呼我们进去。介绍她的新婚夫婿："他是刘煜，艺术专科学校的美术老师，你们就叫他刘老师。"

　　张老师一一仔细地看着我们，然后问：

"都长得这么高啦！树元还是门门考第一？""正方最近写了什么新作品？"

惭愧，这阵子一连几天的日记都忘了写。张老师说林宏荫最有美术天分，宏荫的脸立即红了起来。刘老师同我们谈美术、画素描应该注意哪些事、用彩色是有窍门的……

他拿出一张铅笔画的张老师素描来，很抢眼的一袭长发、戴着那副招牌黑框子眼镜、笑得好开心；还有一组在台南街头的写生画，简单的几笔就画出市集、街边上的形形色色：庙前的摊贩、牛车、卧在树下的老牛、往来行人等，特别生动。

刘老师是东北吉林人，伪满洲国时期去了日本学美术，学院老师很欣赏这个中国学生，说他的画有特别的一种关怀之情。全面抗日战争开始，他不愿意再留在日本，中断学业回祖国参加抗战。历经抗日、国共之战，走遍了大江南北，到台湾之后曾在台南工学院当助教，新成立的台湾艺术专科学校聘他去教书。

我们对刘煜老师的印象非常深刻，他说话慢吞吞的、有学问也带有权威性，而且这位张老师的先生是位帅哥。

在海外晃荡数十年，回台湾后专程去拜访张老师，她怕我找不到地方，老早就站在巷口等着。我在远处见到一位头发花白、体态肥胖的老太太，伸着头左右地看往来行人。

他们从教师岗位上退休好些年了；张老师感叹："老了、胖了，你看黑头发剩不下几根、行动慢、眼睛不好、记性特别不行……"

经过五分钟的热身寒暄，两位老师就把我当家人一般地聊个没完，桩桩往事说不尽。张老师絮絮叨叨地告诉我她治疗乳腺癌的经过，几年过去没再犯病。刘老师在客厅练太极拳，表演熊经、鸟伸等动作，缓慢得有如电影慢镜头解析。他们的退休生活简单有规律，一儿一女都长大成人，工作有年。

有件事几十年来一直没弄清楚，我问：

"当年两位老师是怎么认识的？"

"是我们国语实验小学的祁校长介绍的，说这个年轻人不错。"张老师笑着说。

"祁校长和我是监狱里的同室难友。"刘老师插进来讲这一段，"是'白色恐怖'促成了这段姻缘。台湾的'白色恐怖'我可没缺席，那时候我在台南工学院当助教，他们进宿舍翻到一本书，第二天就把我抓进牢里去了。"

"刘老师坐过牢？"

"是啊！那时候从大陆来台湾的年轻人，统统被怀疑思想有问题，进出监狱如同家常便饭。张老师也蹲过监狱。"

"说你那一段就好，别扯上我的事。"

"是本什么书呀？"

"苏联左翼作家普列汉诺夫写的《艺术理论》，我还没看完呢！"刘老师说，"祁校长同我关在一间牢房里，共患难了大半年，挺谈得来的，套句老话：建立了革命感情吧！"

台湾早年的调查人员，随时可以侵入私宅，任意搜索。怀疑刘老师思想有问题，不由分说就将他捉拿到案，监禁七个多月。在狱中不准与外界联系、不公开审讯、不判决，私刑拷打是常有的事，最后认为此人"尚未参加叛乱组织"，暂时释放。

"祁校长出狱之后不当校长了，"张老师说，"有一次见到他，谈了一会儿就问我你现在有朋友吗？挺不好意思的，人家是长辈，我红着脸回答：还没有呢！校长说：那我给你介绍一位很好的年轻人。"张老师笑声不止，面庞泛红，又忆起了当年的青春浪漫岁月？

祁校长进出监狱，为的是那桩案子？这件事我听父亲多次谈起过。父亲和祁校长在大陆就是老朋友、老同事（在爸妈的结婚典礼上，祁校长写了一首诗，其中有："——相识相爱、相合相凝、楼上楼下、脉脉两情"等句子），那次祁叔叔入狱，我爸曾为他奔走营救，说纯粹是一场误会，因为调查单位想逮捕的是口不择言、经常批评时政的王大爷。

王大爷还是单身汉，他的宿舍较宽敞，祁校长有四个小孩，人多屋子小，住得很挤。这几位老哥们儿在台湾互相照顾，王大爷主动和祁叔叔换房子，搬完家安顿下来没几天，调查人员就奉命来抓这个地方的男主人，对象本是王大爷，却不问青红皂白将祁校长捉将关去。

早年冤枉入狱的人太多了，难以计数，也没有确切的统计数据留下来。祁校长一旦进去了，出来就万难。当时流行一句话："有错拿没错放。"经过反复审讯，十几个月之后得到"事出有因，查无实据"的结论，予以释放。

口无遮拦的王大爷，还是继续发表高论，调查单位却一直没有来麻烦过他。非但如此，王大爷后来和他成人语文班上的一位女学生结婚了，老夫少妻恩恩爱爱的，让一般老朋友们，包括我爸爸，个个羡慕得要命。曾偷听爸爸和祁校长聊天，老爸说：

"这老家伙是哪一世修来的福？下班回家，有热菜热汤等着他，晚上就把他的大××一抢，夜夜与新人共枕，乐以忘忧，不知老之将至云尔！"

原来促成王大爷这桩好事的是张老师，她慢慢同我道来："你的那位王大爷是我的老长官。有天私下找我谈，说班上有一个女学生，在作文里写了许多仰慕他的话，心动不已，碍于师道严、师道尊，该怎么办才好呢？我自告奋勇替他想办法，先认识了那位同学，转告她王老师的心意，替他们传话、安排约会。你看后来他们在一起多好，从来没有拌过一句嘴，白头偕老。"

王大爷受过五四运动的洗礼，是位思想极解放的先进知识分子，对两性关系的看法和做法，遥遥领先超越了他的同侪。但是一旦遇上了令他情不自禁的淑女，豪迈不羁的王大爷，却又情怯起来，需要张老师的帮助，方才成就了这段姻缘。

张老师同我聊过去的事，抗战胜利后，在南京读师范学校："生活清苦，十几个同学住一间宿舍，抗战多年忙着逃难，没有机会念书，终于正式上学了，个个都好用功。内战打得激烈，大家很不安。有人组织'反内战、反饥饿'大游行，同学都参加了；在街上走了几个钟头，挥舞标语、呼口号，大声唱《团结就是力量》《中国一定强》那些著名的抗战歌曲。"

　　张老师的表情从兴奋变成凝重："后来班上好多同学，因为这件事给抓了进去。"

　　"您是因为那次游行进了监狱，在里面受罪了?"张老师淡淡地笑着，仰起头来招呼女儿，"那包好茶叶放在哪里了? 快沏一壶来请你师兄喝。"

　　她也说起早年台湾的"群社"案：同学们组织读书会，研读左派书籍，好几个大学的同学都被抓走、失踪了。我问："您是因为参加读书会坐的牢?"

　　张老师不置可否，又把话题岔开。

　　数年后张老师的女儿告诉我：老师癌症末期，经常疼得彻夜难眠。某夜老师突然一五一十地说她入狱的原委，在监牢中的痛苦煎熬。女儿振笔疾书一一记了下来。次日清晨，怎么也找不到昨晚的笔记，原来母亲趁她熟睡，将笔记烧成了灰。正要发作，老妈妈颤抖的手，按住女儿肩头说：

　　"孩子，都过去了，知道这些事对你没有好处。"

　　台湾历史博物馆画廊，举办台湾艺术大学退休教授刘煜的毕生回顾展，大小三百多件画作，有速写、素描、粉彩、水彩、油画等，时代跨度八十年，刘老先生这年九十四岁。

开幕式盛大，来了许多位官员、艺术家、名流。展览场地宽阔，布置设计得非常用心而有品位，是年度重要的美术展览。

我仔细地看了刘老师的丰盛作品，仿佛走过一遍近代中华民族苦难现代史、台湾六十多年的发展史。展品中有刘老师早年在吉林老家的毛笔漫画、写生；在日本留学时的作品；抗战时期在大江南北奔走，以画笔一一捕捉当时的情景；有1947年台南的街头巷尾等，都是刘老师独特的历史描绘，也是艺术杰作。

然而这只是我这个门外汉的一管之见，当今的美术评论家们有更精辟的立论，他们说：

"刘煜的油画明显地受立体主义影响，却不完全是立体主义的形式主义，它表现了对人性、世道关怀的深刻情感。这种人性关怀自年少时期即形成，历经战争的苦难、戒严的压抑，化为创作动力。他的绘画，没有抗争、挣扎，以默默承受、坚毅的自持，来表达抗议和对命运的不屈。"

"刘煜老师是一位筑梦的画家，永远保持天真、愉快与自然的态度，他是画家中的画家。"

张、刘两位老师是真诚无私的台湾教育工作者，不求名利，长年低调默默耕耘，受到他们爱护、启发、培育、茁壮而有成就的子弟，不可数计。某贵宾是刘老师早年的学生，在开幕仪式上致词，讲到当年老师和师母的照顾，数度哽咽，泣不成声。

张老师没有出席开幕式，在画展一个星期前，她因病离开了人间。

张书玲老师在新书发表会上细数我幼年的糗事、丑事。止不住在一旁拭泪的是我

我们的化学老师

升入高中二年级，一切谨慎小心，以及格过关为主要目标。

高二级任导师是吴冶民老师，一位身材消瘦的中老年人，不论天气有多么热，他总穿着洁白的衬衫，系上领带、领带夹子、袖扣来上课。长长的脸，声音洪亮，言语清晰，带着河北口音，夹杂点家乡用语。上化学实验课时，他说：

"照的相，以五个克分子的碳酸钠，过淋……"

同学们听不懂，化学实验还要照相吗？纷纷来问我，我祖籍河北，小时候听过够多的河北乡下话，当然熟悉吴老师的口音，我说："'照的相'是按照这个样子、好比的意思。'过淋'就是过滤。"

吴老师的经历丰富，在大陆做过河北省国立第一中学教务主任，他编的高中化学教科书，普遍为全中国大陆中学所采用。当时我们用的化学课本，也是吴老师编的，封面上的编者姓名是：吴国贤。

吴老师教化学，注重引发学生的趣味。背诵化学元素周期表，必须花工夫硬记。他把每五个元素编成一句："钾钠钡锶钙、镁铝锌镉铁、钴镍锡铅磷、铜汞银铂金……"

读起来像五言绝句，还能押上韵，背诵得挺顺畅。他还在课堂上教我们如何念唱，摇首吟哦，像是在背诵古诗词。

他改作业和实验报告都十分详尽，多次我没时间写完作业，当然就抄同学的。终于被发觉，吴师用红笔在我的作业簿上写"姑念初犯，罚重做"；又说："抄袭别人的功课不道德，也不公平，对自己的伤害最大。"

吴老师很费心地看我们的考卷，跟着同学的演算一步步看下去，总能找到你在哪里出错。分数给得慷慨，做错的题目多数也能得到一部分分数。

吴老师每周都要批阅学生的周记（谈一谈这一周的心得），在每个人的周记上都写上几句评语。有位同学绰号臭脚大仙（他光着脚穿球鞋，怎能不臭?），此人喜欢咬文嚼字、引经据典。某次他的周记被吴老师拿出来与大家分享，臭脚大仙抱怨导师偏心，又用了句"不耻下问"的成语，大仙最后有结语："嗟乎！执政者之偏心亦明矣！"

吴老师觉得臭脚大仙的文笔好，写得有意思，先大声念了一遍，再说明自己绝对不是个"执政者"，更不偏心，对用功的、不太用功的同学都一视同仁。那句"不耻下问"用得欠妥，学生问老师不是"下问"。

我就属于"不太用功"（其实很不用功）的学生，化学这一门课，勉强跟得上而已，在班上的表现基本上乏善可陈。父亲有一次叫住了我，说：

"我昨天碰到你们的吴老师，问他我儿子在你班上，表现得怎么样呀？吴老师想了好一会儿才说，我看他身体蛮健康的。这是怎么一回事呀？"

我胡乱应付着，穿上鞋子一溜烟地出门去了。

吴老师教的化学，内容如今我一点也记不得，统统还给他了。然而他在班上讲的许多故事，我依然忘不了。

其一，埋了还没死呢！吴老师自北京师范大学化学系毕业，得到好几个工作机会，最令他心动的是去湖北省大冶煤矿当工程师，但是父母坚决反对，说：

"两种工作千万不能干：下煤矿和开飞机，下了煤矿是埋了还没死、开飞机是死了还没埋呢！"

拗不过老人家的古板想法，他选择了在中学教书，一眨眼就过去了大半辈子。

其二，你想同她结婚吗？中西文化有很大的差距。吴老师结识了位美国朋友，东方的礼貌总会问候对方的家人，他问美国友人的母亲：老人家身体好？谢谢，她很健康。你母亲今年多大岁数了？对方不理。追问再三，美国朋友反问："怎么样，你想同她结婚吗？"

其三，谁和你"们"哪？贤惠的妻子，做了体己私房好菜，下班很晚的丈夫立刻狼吞虎咽地大口吃起来。太太说：要不要送一点给楼上的爸爸妈妈？用不着，他们跑过江湖的，什么好东西没吃过。也得留一点给孩子们吃呀！嗨！他们的日子长，以后机会多的是。那么就咱们俩吃呀！咱们？谁跟你"们"哪？那男人一下子把好菜全吃光了。

吴老师发过脾气。某次做水分解实验，得到的氢气是易燃物，必须小心处理。有位同学"艺高人胆大"，把大量氢气存放在一只大玻璃烧瓶里，然后故作惊恐地点了根火柴，假装去烧氢气，不小心真的点着了，一声大爆炸，玻璃碎片到处飞。吴老师从实验室的另一头飞跑过来，确认没有人受伤之后，冲着肇事者吼了几句："你这孩子怎么那么不听话！"

又握起拳头重重地捶了那小子的肩头好几下。

高中毕业考完大学联考，发榜之后大家好开心，班长组织了一次阳明山郊游，邀请吴老师一同参加。老师没来，班长念了吴老师用文言文写就的文辞简洁的信：祝贺大家都有个美好、充实的大学生涯。还记得其中一句：

"民（指老师自己）已老朽，来日无多……"

那年吴老师大概有六十岁吧！

三十多年后我应邀从美国回到台湾拍了《第一次约会》，一部中学生成长的剧情片。电影中的化学老师，就是以吴冶民老师为原型，名演员石隽大哥饰演这个角色。电影中重温了我们青少年时期的许多趣事、荒唐事，但是碍于当时的政治环境，吴老师在建国中学教书期间遭受到的"白色恐怖"迫害与磨难，不敢敞开来明讲。

吴老师牵涉到著名的"于非萧明华案",他与他的儿子一同入狱,被判刑五年,两年多后获得假释,再度回建国中学教书。记得那时候吴老师一个人带着孙子,住在建中教职员宿舍,孙子有一张长脸,长得和爷爷很像。

吴老师在建中教过好多学生,他真诚有耐心、循循善诱、既严格又慈祥的教学方式,令不少同学受到他的启发,用功读书,激励向上。

最明显的例子:我们家老哥上了吴老师两学期的化学课,就下定决心要当化学家。高中毕业,哥哥保送读台大化学系,又赴美国加州柏克莱大学攻读生物化学博士学位。之后在美国Merck药厂任高阶研究员,贡献颇多,他研发成功治疗"河盲症"的特效药。

"河盲症"曾在非洲为害甚烈,病菌通过河中寄生虫,附在人体内繁殖,导致失明。在非洲的许多村落,常见到一队盲者,每个人伸手搭在前面那人的肩膀慢慢走,最前面领路的是一个尚未失明的小孩。"河盲症"特效药,通过联合国送到非洲"河盲症"最严重的地区,几十年后病情得到控制,治好了数百万"河盲症"患者。

吴老师去世几十年了，默默耕耘一辈子，造就英才无数。如果吴老知道有个调教出来的好学生，令数百万非洲人免于失明之苦，是否能为他的忧患生涯，带来些许欣慰？

偶尔脑海中会浮起一幅景象：黄昏时分，吴冶民老师走出教职员宿舍，四处张望，大声喊他的孙子：

"铁生，铁生！"

一个五六岁的长脸小孩，踏着小三轮车，飞快地从操场另一头奔了过来。

后记

数十年后从台湾调查单位查到已公开的资料：

1950年，建中化学老师吴冶民和他的儿子吴乃天同时被捕，案由：

"中共派来台湾发展组织的于非，是吴冶民的侄女婿①。吴乃天曾在保密局电机制造厂工作，于非屡次要求吴乃天帮他制作无线电收发报机，均被吴乃天拒绝。当时台湾处在风声鹤唳草

---

① 吴老师的侄女不是于非在台湾的妻子萧明华。

木皆兵的状态中，治安单位向社会大众提出的口号有："保密防谍""匪谍就在你身边""知匪不报，与匪同罪"等。情治单位认定，吴氏父子一直知道于非是负有任务的中共潜伏分子，却长久没有向有关单位告发，案发后于非逃离台湾，因此治安单位就以"知匪不报"的罪名，起诉他们父子二人。

1951年，吴冶民老师五十六岁，判刑五年；三十七岁的吴乃天在审判期间因重病保外就医，隔天他在建中宿舍中去世。"

两年后吴冶民老师获得假释，回到建国中学教书。吴老师出狱后教的第一班学生，就是我哥他们，两年后吴老师做我们高中二年级C班的导师。

你发贱了吗？

　　我在课堂上最喜欢出其不意地说一两句俏皮话，通常会惹得同学们哄堂大笑，脾气好富幽默感的老师，有时候也会一起乐将起来，当然都不是举手发言按照规矩来的。

　　吴冶民老师教我们背诵元素周期表："钾钠钡锶钙、镁铝锌镉铁——"，我就把它改成："加床被子盖、美女心如铁——"。全班笑个不停，严肃但是性格祥和的吴老师就操着乡音说："好了，不叫笑了。"

　　高二的英语老师没换，还是高一教我们的那位，曾经赏了我54分，补考及格才过关。她特别注重课室内的秩序，而且缺乏幽默感。某次她十分关切地问一位成绩优秀的同学；为什么这次考试成绩退步得那么厉害，你平常看样子都很用心地在听讲，可是你到底听进去没有，在那儿想什么呀？我在此刻爆出一句：

"他想入非非。"

全班大笑数分钟不可止。

有那么好笑吗？这里头有个缘故：我与瞿树元熟读《红楼梦》，经常向同学们发表"红学研究"心得。前几天才告诉大家：《红楼梦》里面有一个字："毛"字右边再一个"非"字，乃女性生殖器也。成语"想入非非"，是指此人有偏爱白虎星的癖好。青春发动期的健康男孩子，对这种议题最热衷，一时全班传诵。

她哪里懂得这许多？课堂秩序大乱，老师就把我叫起来臭骂一顿：一定要遵守举手发言的规矩，下次再犯绝不轻饶！我屡屡在课堂来这一套，引得大家嘻嘻哈哈地混闹起来，打断教学进程，她不能容忍。

某次英语月考，考题相当容易，考后问瞿树元，每题的正确答案都是什么？比对了瞿公子所说的，心中有谱，自觉也答得八九不离十，这回的分数应该不坏，可以将上次月考的成绩拉回来一些。英语老师拖了两个礼拜，迟迟不发回考卷，好几个成绩优秀的同学都曾举手发问："上次的月考怎么还没发给我们，老师没有改好吗？"

英语老师说最近实在太忙，下周一定会有。又等了一个星期，她在一节英语课快要结束时，突然想起了什么事，拿出一个小本子来说："上次的月考普遍成绩都不错，我就把每个人的成绩念一遍给大家听就好。"

她一个个地读出名字和分数来；多数都是九十几分，或至少89分、88分：林宏荫，93分；瞿树元，96分……唯独念到我的名字：王正方，76分！这是怎么一回事，我又失手了？不应该，我觉得考得还不错呀！立即举手抢着要发言，老师根本不朝我这边看，我嚷出声来："老师，我有问题。"

下课铃响起，老师收拾起课本讲义，宣布下课；班长的声音洪亮，叫道："起立，敬礼！"

这里面透着古怪，不发回考卷，就那么顺口念一遍大家的成绩，敷衍了事，此事不单纯。下一堂英语课，老师刚进来我就举手要求发言，她冷冰冰地说："有什么问题等我讲完了课再问。"

赶在下课之前，我举起手来不放下，她只好让我说话。这回我是毕恭毕敬，笔直地垂手站立着，有条有理地陈述："请发回我们的月考卷子，让大家知道自己的错误在哪里，以便学习改进，下次就不会犯同样的错误了。"

老师正眼也没瞧我一下，听完了就说："下次我把正确答案印好了发给你们，下课。"

月考的正确答案发给了大家，我觉得自己在考试中的回答都没有错，最多只犯下几个笔误，怎么说也该得九十几分，她报的分数却只有76分，究竟是怎么一回事？

她就是不肯发回考卷来。我与瞿树元、林宏荫几个人做了深入的讨论，结论："祸从口出"。平素我在课堂上自以为幽默的讲些废话；如"想入非非"的双关语，同学们觉得好笑，但是这位女老师很注重课室内的秩序；我分散了同学们的注意力，大家还笑得前仰后合的，抢去了她的风头和权威，是可忍孰不可忍？再加上我的英语考试成绩，表现一向只有中下，在六七十分上下盘桓，她就认定此学生的程度普通，怎么在这次的考试中突然成绩飙高？一定在作弊！但是又没有抓到作弊的证据，于是就硬给我个76分，再用不发回考卷的办法来唬弄过去？！

原来一切都是冲着我来的吗？这位老师对我的反感竟然如此强烈。那时我愚昧、迟钝、敏感度低，每日只在那里胡混瞎闹地找乐子！瞿树元还套用了一句蒋公中正的名言：

"侬（你）格个样子下去，将来会死无葬身之地。"

他们分析得精辟！但是我还是觉得这件事太不讲道理了，学生要求发回考卷的理由正当：想清楚了解自己的错误在哪里，属于重要的学习过程，不容剥夺。于是我动员了班上好几个英文成绩优秀、能说会道、辩才无碍的同学，大家约好了，下次上英语课的时候，按照次序举手发言，一致要求发回月考考卷：这是我们全班的一致要求。我这个事主就乖乖地坐在那里，点头微笑就好。

下一节英语课，老师刚刚进教室，同学们按照计划举手发言，一个接一个地陈述为什么必须要发回考卷，理由都非常充足。老师还是用原先的那个说法来搪塞：答案大家都知道了，这是一个小型考试，而且同学们都考得不错。

可是几位同学不放弃，还在接二连三地发言，愈说愈有道理。英语老师发火了，指同学们的问题太多，耽误了她的讲课时间，不要再讲这件事了，到此为止！

开始时我觉得同学们的态度好，提出的理由具有说服力，满怀希望觉得可以得逞了。但是这老师坚持原意，居然在台上杜绝众人的悠悠之口，这样下去，岂不是整个计划要泡汤？我恶习难改，就在座中（当然没有举手发言）长长地叹了一口气，大声

地说:

"嗨,你们也不用再说了,她不会发回考卷给我们的。"

一番话令她恍然大悟,原来我就是那个阴谋策划师、又在座中不举手发言,还来个唉声叹气的夸张表演,态度极其不逊!这下子可真的惹火了我们的英语老师,她提高几个分贝,拍桌子冲着我大骂:

"你发贱了吗?还在那里叹气,叹什么气,你以为你是谁呀?!"

怒不可遏,声音极为尖锐不停地痛骂下去,历数我长期在班上不守规矩的种种恶行:态度轻佻、口不择言、对师长不敬——罪状简直数不完。

这一堂课就在听老师不可止地痛骂我,她骂到情伤之处,竟然止不住地哭了出来,然后拿出卫生纸来用力擤鼻子,声震屋瓦。老师被我气哭了!我低下头,心中产生着前所未有的恐惧感,这场祸事恐怕难以善了。下课钟声救了我,老师匆匆离开教室。

以后同学们就叫我:"喂,发贱的!"

他们有的发音不准,f 与 h 的音混淆,就叫我:"花间的";成了"花间派"传人？

哎哟！这事训导处肯定会知道，他们会怎么处理？

瞿树元认为："侮辱师长以致痛哭，记大过一次。"

林宏荫判断："策动同学在课堂上胡乱发问，妨碍授课，大过一次。"

瞿公子又说："在课堂上不举手发言多次，记一或二小过。累积两大过两小过，留校察看。然后动辄得咎，再加一个小过就退学，前景堪忧。"

林宏荫劝我以后上课的时候，千万别再不举手就说俏皮话，或故意放那种既臭且响的屁，等等。

气哭英语老师事件，校方还没有处理。我当然不敢向父母透露，老爸要是知道了此事我必定要吃大苦头；他一贯宣扬韩愈的《师说》："师道严、师道尊……一日之师一世之师也。"

日子不好过喽！每天规规矩矩地上下课，在课堂上不发一语，作业簿准时交上，考卷答案写得工整。上英语课时垂头丧气，不与教师做直接的目光接触，她也从来不以正眼瞧我。提心吊胆每日等着训导处来传我，宣判我等候已久的"罪行"。

一个学期过去了，成绩单发下来，我的英语得六十多分，其他科目的成绩尚可，得以升上高中三年级。气哭英语老师的事传遍高中部，但是训导处根本没有叫我去谈话，此事就此没有下文。但是那次的月考考卷始终没发回来，我真的只考了七十六分吗？至今仍是个悬案。

与瞿树元和林宏荫再度充分讨论之后，我们有如下的结论："怀疑某生作弊但缺乏证据，强行扣分以泄私愤，事后又以不发回考卷作掩饰，在'理'上站不住脚。该生态度不逊，导致教师泪崩，确属不敬师长之恶劣行为，双方皆有不是，追究下去也难以处置，就此不了了之，由它去吧!"

瞿、林二人都认为我蓄意闹事，但也凸显出我有点煽动群众情绪鼓动风潮的能力；幸亏生在当下这个造不起反来的时代，若早生五六十年前的清朝末年，说不定就是黄花岗七十二烈士之一了？这仅仅是瞿、林和我，三个十六七岁少年的粗浅论断，姑妄听之。

高中三年级的英语老师张振铎，一位满头银发的老太太，和颜悦色，从来不对学生发脾气。她的中英文发音都极纯正，在课堂上听张老师朗诵英诗，真是一种享受。

寿彭大哥

回想起来，寿彭大哥是来我们家蹭饭次数最多的人。父亲在台湾师范大学国文系教书，某日他带一位人高马大的青年回家吃饭，是师大物理系高才生寿彭大哥，北方人，喜欢吃面食。我们家平常的伙食离不开面条、馒头、烙饼，寿彭大哥头一次就稀里呼噜吃得特别来劲，以后成了座上常客。

父亲没教过寿彭大哥，师范大学的北方学生不多，他们多数是境遇清苦的流亡学生。老爸喜欢年轻人，见到北方老乡更是格外亲切，招呼他们到家里来吃便饭，差不多是天天都发生的事，有时候一来好几个，八仙桌都坐不下了。

寿彭哥十几岁随部队来台，苦读自修以优异成绩考进师大物理系，据说他的成绩上台湾大学物理系都有富余，但是他只身在台，读台大的费用较高，师大学生有公费补助，解决了他迫切的生活问题。寿彭大哥的程度超过同侪，本科成绩优异不在话下，英文更是出类拔萃，而且自修德文，也达到了能看能写能说的水平。

"小方的成绩这么抱歉，"爸爸有一天当面向寿彭哥提出要求，"有空的话你替他理一理功课。"

我在班上的成绩长期一路殿后，那阵子寿彭哥来蹭饭，弄得我有点紧张，因为饭后总免不了要查问一下功课。其实问题不大，学校老师我都能混过去，寿彭哥不是正式家庭教师，随便应付应付不在话下，反正一下子大家又扯到别的话题上去了。

寿彭哥的外语能力强，平时在图书馆常看外国杂志报纸，知识渊博谈天论地起来特别精彩。他对美国的情况知道得特别多，包括电影、音乐等无所不知。有位好莱坞大明星名字很长，香港翻译成毕力加士打，台湾叫他勃特蓝卡司脱，记忆困难。寿彭哥指点我，外国人的名字要认就去认原文，别在莫名其妙的翻译名称上打转，因为各地翻译的名字都不一样。你看说相声的老拿翻译名字开心，说有个电影明星叫"萝卜太辣"，在说谁啊？他的英文名字是Robert Taylor。

毕力加士打本是Burt Lancaster，Burt是名字，Lancaster

是姓，读起来重音放在Lan上头。美国宾州有个地方叫Lancaster，它也是个地名。听完之后我佩服得五体投地。他还有另外一个本事，只要听一遍美国流行歌曲，就能把歌词大致记下来，不过从来没听他唱过歌。

寿彭大哥的身材高大，肌肉也挺结实的样子，他讲起一段打架的故事：两拨师大学生抢篮球场，互不相让。体育系有五六个人，仗着他们的块头和一身的肌肉，对物理系的儒雅书生很不礼貌，寿彭哥挺身理论，争辩得愈来愈激烈，眼看着要打起来了。讲到此时寿彭哥停下来问我："小方，碰到这种情况你会怎么办？"

我略想想，自己打架的记录很难看，因为身材瘦小，动起手来从没占到便宜过。我说："情况不对我就溜。"

"这怎么行！你得看准一个你打得赢的对手，先发制人，出手要狠，叫对方丧胆。那天我就一直先跟他们说好话，出其不意抓住一名小个子的头发，脚下使绊子把他按在地上痛揍了一顿，大家忙着扯开再继续谈判。"

"后来怎么样？"我听得紧张。

"大家同意分时段用场地，和平共处。可是我比较神，体育系学生用场地的时候，只要我高兴就在篮球场上溜轱辘鞋，他们不敢说话。那怎么样，全校就篮球场是水门汀铺的平地呀！"

寿彭大哥当年在师大就这么屌！

物理系毕业，在军中服役结束，下一步自然是要赴美深造。寿彭哥早有安排，在美国西北大学物理研究所申请到全额奖学金，攻读博士学位。了不起呢！全额奖学金是学杂费全免，另外每个月发给三百美元生活费，不用在研究所做任何工作，专心念书便是。

那一段时间，父母亲每天耳提面命，要我们兄弟好好学习寿彭哥，发愤用功，再不济将来也能申请到个美国大学的助学金；当助教、研究助理什么的，在美国的生活才有保障。听得我都快疯了，因为那时候我人生的主要兴趣，端端放在南昌街一家弹子房某弹子小姐的那双巨乳上面，留学美国离我还遥远得很。

寿彭大哥退役后几乎每天下午都来我们家，和父亲商量事情。一切都安排妥当，留学考高分录取，签证也拿到了，只欠几百元美金的路费，搭渝胜轮去美国要付现金，到哪里去借？几百美金在当时是个大数目，没有人有那个手笔。父亲一拍前额，想出了一个主意："不如大家凑个份子吧！"

他老先生立刻提起毛笔，一口气写好这封信，文情并茂。信中大力推荐寿彭大哥是一位难得的优秀青年，得到西北大学的全额奖学金，深造归来一定是台湾的栋梁之材。但是该生出身清寒，在台湾无亲无故，于是路费大成问题，盼各好友念英才难得，助人为快乐之本，协助玉成此事。父亲还亲自东奔西走四处募款，卖他的老面子。不到两个礼拜，不但筹足了路费还有的多。彭大哥开心极了，买好船票，并且从台湾银行换来二百美元的旅行支票，二十美元票面额的共十张。真让我开了眼界啦！

寿彭大哥在我们吃饭的八仙桌上展示他的旅行支票，详细解释这东西怎么用，要先在旅行支票上面签好名字，使用前再在下方签名，两相对照无误，就可以当现金来用了。我们就看着他一张张地在支票右上角签好名。我问：

"要是下回你的签名跟上面不一样可怎么办？"

"所以你就得好好练签名啊，别签得跟乌龟爬似的，人家不认它就废掉啦！"

出国前一天，寿彭大哥没到我们家来，他约了好友去碧潭划船。家里出现了个不速之客，一个头发抹了很多油的中年人，穿着件轻飘飘的香港衫，态度倨傲，进门就直呼父亲的名字，父亲不在家，他拿出一张表格，上面有寿彭哥的照片，指着照片不耐烦地说：

"接到通知，这个人禁止出境，快点通知他，免得上船的时候出事。你们是他的家属吗？"

母亲摇摇头。那人皱起眉头，自言自语："哦？他怎么把联络地址写在这里？"

说完转身离去，也不知道他是哪儿来的；母亲叫我赶快去碧潭找寿彭大哥。

站在碧潭的吊桥上远眺，幸好今天划船的人不多，远处有条船似乎是寿彭和他的朋友在划着，距离太远大声叫也听不见。租了条船，朝着那个方向尽力划去。我永远忘不了寿彭哥听我讲完这个坏消息时的表情，一张原来极为欢欣快乐的脸登时垮下来，像一座大楼被爆破，建筑物瞬间成了一堆瓦砾。

当天他在我们家吃晚饭，父亲说了一大堆安慰他的话，寿彭大哥失神落魄，一口口咬手中的馒头，咀嚼得极缓慢。然后他开始讲少年时离开家乡逃难的经历，和乞丐一样攀住火车门的把手，身体吊在车外头，一路南下到广州，九死一生。在台湾终于上了大学，以为去美国留学是他人生最后一道关卡，只要过去就解脱了，以后努力研究学术就好，怎么样也没想到现在变成这样！

说到这里声音有些哽咽，然后他放声痛哭，像一头受伤的野兽在嚎叫，餐桌上所有的人都被怔住。激烈情绪波动过后，寿彭大哥长叹一口气说：

"真是天网恢恢呀！"

寿彭大哥退了船票，把钱还给父亲。父亲亲自挨门挨户地一一还钱。

禁止出境几个月后，寿彭大哥被抓进去接受审问。没多久又放出来了，他绝口不谈牢里的事。父亲介绍他去建国中学教物理，当然胜任愉快。建国中学替他安排的住处很奇怪，不住单身教职员宿舍，寿彭哥独居在建中大门口传达室对面的一间小房子里，设备还算齐全，他也不以为意。物理教员当了一年多，寿彭大哥再度入狱，这回进去就再也没他的消息了。父亲曾多方打听，始终弄不清是怎么一回事，估计寿彭大哥多半是牵涉到一桩"匪谍案"了吧！

某日父亲气呼呼地回家，劈头就问我：

"建国中学的那个老门房你们记得吗？"

我略想了片刻："怎么不记得，是传达室的老胡，有个通红的酒糟鼻子，烂眼圈，时常喝酒喝得眼睛睁不开，迷迷糊糊的。"

"他才不迷糊哩！那人是个特务点心。"

情治单位特别安排寿彭大哥住在老胡对面，老胡每天负责监视他的行动，记录来访客人，材料搜集充分之后一网打尽都捉将官去。

北方人所说的"点心"含有贬义，如"废物点心"。父亲最不喜欢做特务的，常说干那种事情的人太缺德，生下孩子来会没有屁眼儿的。

后记

20世纪70年代初期，我在美国积极参加保钓运动。1971年9月，"保钓0团"自纽约飞香港，转往大陆访问，我也是该团的团员之一。团长李我焱，比我年长数岁，美国保钓运动领袖，当时他在美国哥伦比亚大学物理研究所工作，是著名华裔物理大师吴健雄教授研究室的研究员。

我与老李在保钓运动中工作关系密切，又一同访问中国大陆，结为好友。听说老李在台湾曾经坐过几年牢。问了他好几次坐牢的情形，李我焱总是笑而不答。有一次老李问我："我们那桩案子的判决书，你有兴趣看吗？"

当然有兴趣，捧着厚厚的那本判决书，专注地看到深夜。著名的"台大群社案"，不少年轻学生牵涉在内，判间谍罪，入监狱服刑多年。李我焱是其中之一。判决书说：

"台大电机系学生刘乃诚，与物理系同学李我焱等，组织读书会名'群社'，阅读社会主义书籍，曾制作传单，在不同场合散发，传播左翼思想。当时台湾各大学有不少学生思想倾向社会主义，这几名台大学生带头组成此类读书会，定期研读社会主义思想。经查证：'群社'有共产党人渗透、主导，目的是颠覆台湾当局。刘、李等相继被捕，刘乃诚判刑十二年，李我焱判五年徒刑。"

在判决书中的第二页就见到寿彭哥的名字！寿彭哥没有参加过"群社"，刘乃诚是他的好友。刘在被捕前，察觉到被人跟踪，被捕前特别去找寿彭，要求他保管一批禁书、出资帮助刘乃诚收埋一名政治犯的骨灰。

寿彭当时慨然答应了刘乃诚，调查单位以"知匪不报"的罪名拘捕到案，判刑四年六个月。

李我焱告诉我："开始大家关在同一所监狱里，但是不在一间牢房。后来听说寿彭的肺结核复发，保外就医，这是最后我知道的消息。"

刘乃诚、李我焱二人服刑时表现良好，先后获得治安单位批准他们留学美国，分别在名校获得博士学位。寿彭大哥出狱之后又去了哪里？

又是二十多年过去，我哥哥回台湾筹建"中央研究院分子生物研究所"，次年当选"中央研究院院士"，那阵子台湾媒体报道他的频率颇高。某日在研究所接到一个电话，是寿彭大哥在找他。多年后见面二人一阵兴奋，慢慢叙起旧来，谈别后的种种。

在狱中生活艰苦，寿彭哥少年逃难时罹患的肺结核复发，病情严重，保外就医了很长的一段时间，等到完全康复，他的刑期已届满。医院有一位护士小姐对他细心照顾，两人发生感情，结为连理。寿彭大哥从来没有放弃赴美国留学的愿望，事隔十年再和美国西北大学联系，校方居然还是给了他全额奖学金。苦读数年，取得西北大学物理博士学位，返台后在新竹工作。

这个完结篇有个温馨、令人释然的结局。

在我的心目中，寿彭大哥永远有一个超然不变的形象：身材高大，足踏四轮溜冰鞋，背着手旁若无人地在师大篮球场上倒着溜一个8字，场上体育系打篮球的肌肉棒子，见到他就纷纷让路。非常屌！

附录

建国中学在白色恐怖时期被捕的老师，除了吴冶民老师、寿彭大哥之外，还有刘泽民主任、国文老师高衍芳、美术教师林存斌等，也有学生被捕入狱。

刘泽民，山东省人。曾任山东济南第一联中校长。1950年刘泽民在建中任教，受到"中国革命民主大同盟"案的牵连，被捕后关在东本愿寺，据说那是一座非常恐怖的侦讯监狱。根据官方档案和刘泽民的忆述，调查人员逼他承认曾参加过："中国革命民主大同盟"，他坚决否认。拘押审讯了三个多月，有多位"立法委员"出面作保，刘与其他受难者获释出狱。

刘泽民出狱后，在建国中学任夜间部主任，他身材高大，声音洪亮，一口山东乡音，在建中的知名度高。刘主任热爱篮球运动，经常在校内与同学们打球；虽然上了点年纪，动作比较慢，但是他的长射奇准，出其不意双手远远地投篮，姿势漂亮，球儿应声入网。他的儿子刘晋京与我同届，是初中篮球校队的前锋。

国文老师高衍芳被人告发，罪名是向学生讲述大陆的土地分配办得又好又快；台湾拖了很久才开始实施平均地权；又有诋毁孙中山与蒋中正的言论，入狱感化三年。

高衍芳是隔壁班的国文老师，经常在课堂上讲极为精彩的荤笑话。他无所顾忌、言语不避讳、生动地谈性，也讲《易经》

《素女经》，凑上几句打油诗。青春好奇、缺乏性经验、懵懵懂懂的小子们说："上高老师的课最开心，有时会笑到从椅子上跌下来。"

数十年后，我依然记得好几则他讲的荤笑话。高老师出版一份性学杂志，讲述男女性爱技巧，也能身体力行，五十多岁的高老，娶了位年轻太太，产一子。

高衍芳老师在课堂上讲政治？同学们都没有这个记忆，怎么会因为思想有问题被关上三年？

有一说法：高老师的邻居是训导处某主任，两家为了争公用空间，闹得很不愉快，据说双方还动手打了几下子。该主任利用他在"人二室"的方便，罗织罪名给高老师一点颜色看看。这项传闻未经证实。

美术老师林存斌教过我们一学期的图案画，是一位非常细心又有耐心的老师。他在建国中学执教数十年，1971年即将退休，被捕判刑。判决书称：

"林存斌十八岁就读福州师范时，曾参加读书会，后来加入共产党，判刑五年。"

这是一桩"潜匪案"，不需要有任何具体罪状，过去曾加入过什么组织，没有向有关单位交代清楚，就符合"潜匪"的定义。"潜匪案"无追诉时效，任何陈年往事被人揭发，立刻有牢狱之灾。两年后，林老师获减刑出狱。

据传，林存斌老师的福州某老同学，也在建中任教、此人是"人二室"要员，揭发了过去的一些事，林老师只得俯首服刑。这个说法也未经证实。

有一位高年级同学张光直，在高中二年级暑假，被调查单位拘捕，理由是阅读"反动书籍"。一年后无罪释放，他以同等学力考上台湾大学考古人类学系，日后留学美国，获博士学位后在哈佛大学考古学系任教，发表多篇震惊考古学研究的重要论文，是举世闻名的考古学者，后来他回台湾任"中央研究院副院长"。张光直教授曾出版一书，讲述他在牢狱中的特殊经历。光直兄的弟弟光诚，与我在国语实小、建国中学同学。

历史学者戴国辉，早年在建国中学就读，他曾说：

"1949年后，建中的气氛突然变得很凝重，三天两头不是老师不见了，就是高班学长不见了。究竟有哪些老师和同学'不见了'，现在已难查考。"

头发跟疯子一样·栖霞县县令

　　我、瞿树元、林宏荫下课时站在教室走廊闲扯淡。汪焕庭老师，体型精瘦，脖子细长，略略向左倾斜，眉头紧皱，一手握三五根粉笔，另一只手以拇指食指拎住一本教科书，腋下夹着一束考卷，踏着小碎步走过来，怒目以视地劈头就对我说：

　　"王正方你考的个什么东西，五分还是十分！"

　　"不会吧！"我怯怯懦懦地回答，"三题里面我做对了一题。"

　　"你一题也不对呀！"

　　汪老师又冲着林宏荫吼，但是语气中透着关切：

　　"平常你考得还可以的，这次为什么也那么糟，在搞女人吗？"

　　宏荫的脸立刻变得通红，咬住舌头忍住不笑，一副有苦说不出的表情，我和瞿树元在一旁早笑弯了腰。宏荫是个心里存不住任何"淫念"的人，只要想到男女之间的事，他的脸就会唰的一下子红了起来。这家伙倒是挺想"搞女人"的，只是天生害臊，雌性动物出现在十米外他就心跳、气喘、脖子粗，面对美女则更加瞠目结舌、讷讷不能言。

汪老师很不高兴地看着我们，瞿树元是全班最聪明一等一的好学生，还有什么好挑剔的？汪老师瞥了一眼瞿公子蓬松的头发说："头发跟疯子一样。"

上课铃响起，大家起立向老师鞠躬、坐下，怒气未息的汪老师开始发回考卷。

高三那一年，教我们解析几何的是建中王牌数学教师汪焕庭。头一天上课点名，他面色严肃，要每位同学应声起立，老师从头到脚确认一遍，这已经是本校的传统了，叫到我的时候，他端详许久，然后哦了一声："我久闻大名啰！"

我有的只是臭名、恶名；想来汪老师一定知道我就是那个上个学期气哭了英语老师、彻头彻尾"发贱"的学生！当时是件大事，在教师办公室流传开来，汪老师初次上课点名，已经盯上我了，以后的日子怎么过？

汪老师，安徽桐城人，一口乡音不改，讲解解析几何的条理分明，一手板书更是少见的漂亮。他在黑板上一步一步地演算证明几何难题，到了最后答案快出现了，他边写边说：

"那才叫怪事哩！刚刚好，一点都不假，A等于B。"

然后手持半截粉笔，侧身歪头，得意地望着振笔疾书来不及抄笔记的学生们微笑。

以后每当汪老师的题目快要证得的时候，由会说皖南话的瞿树元领头，几个调皮鬼一齐学说汪老师的腔调，同声大喊：

"那才叫怪事哩！刚刚好，一点都不假，A等于B。"全班乐得好开心，汪老师也随着大家笑起来。

汪老师的国学也颇有修养，间或在课堂上信手拈来，就在黑板上写上几句古文、诗词，字体飘逸。他又露出顽童般的笑容说："这些我也懂，古时候的那句名言，天下之文其在桐城乎？"

桐城二字他发音如"屯陈"。偶尔他朗诵起文言文来，韵味独特，俨然是一位桐城派传人。

瞿树元有不同的见解，他祖籍湖北黄梅县，属三黄地区，三黄指：黄梅、黄陂、黄冈三县。他告诉我古来三黄地区流传这么几句：

"天下文章数三黄，三黄文采在黄冈。黄冈文章唯舍弟，舍弟请我改文章。"

那天发下考卷来，我只得了5分。宏荫的成绩也鸦鸦乌，题目太难了。

汪老师最痛恨上课打瞌睡的同学，发现了就掷之以粉笔头，劲道十足而且神准。我们班调皮捣蛋的不少，基本上程度还算整齐，上课打瞌睡的情况比较罕见。高三上学期开学数星期后，来了一位插班生，他完全跟不上。语文课还可以勉强凑合着听，汪老师的数学课，是硬碰硬的真功夫。新同学的作业一律交白卷，上课如同听天书，止不住脑袋一上一下地打鼓。汪老师的粉笔头命中他多次，强打起精神来又撑不了几分钟。孺子如是不可教，汪老师对他晓以大义，勉励他上课一定要注意听讲，转到好学校的好班上就读，来之不易。无奈这位同学的程度确实跟不上，有时候汪老师愈说愈着急，火气上升，忍不住大声责骂，他说：

"你母亲当面拜托过，说小犬在你的班上，请老师多多费心教导小犬。小犬长小犬短，你在班上懒散成这副样子，我看你真是一头小犬哟！"

满堂哗然，此后这位同学的绰号就叫小犬。

高中毕业后那一年的大学联合招考，甲组数学比较难，当然没有汪老师出的题目难；我只做错了一题，身为强将手下的弱兵，居然考上第一志愿，昂首进入名牌大学。发榜后，数十位同学约好返校谢师，一群小伙子熟门熟路地闯进教员宿舍，就在门口叫：

"汪老师我们来了。"

汪老师正在看发榜那天的报纸，眉开眼笑，妙语如珠，春风得意，心情大好。他在报纸上用红铅笔勾画出许多名字。我们班考大学的成绩辉煌。他亲切又关心地询问每位同学：考得满意吗？总分多少？为什么选这一系？不喜欢可以转系。某某某临场失常了吧！怎么进了那所大学呢？汪老师在人丛中看见了我，便微微叹了口气："王正方这回是叫他蒙上了喔！"

大家一阵哄然狂笑，我觉得特别开心。"蒙上了"之说追随我多年，此话不无道理；在日后大学、研究生的岁月里，总隐隐感到自己的数学底码不清，就像练武功的马步不扎实，耍起兵器来就有点摇摇晃晃的。

后来也发觉自己的性向并不适合理工，多年来不务正业，老是写个破文章，又对电影痴醉若狂。思前想后，都怪汪老师当年没教我们桐城派古文，我会认真地钻研中国文学，摇头摆尾地用安徽话吟诗诵词，不亦乐乎？

上完高三国文的第一堂课，林宏荫就在前座回过头来对我说："这位老师绝对是我们山东栖霞县人。"

我听得出来老师有山东口音，至于他是山东哪一县的人，只有宏荫这个栖霞县的老乡才听得出来吧！第二天宏荫从他父亲那里带来更多的讯息：我们的葛勤修老师，山东省栖霞县人，曾经当过栖霞县县长，偕家眷辗转来到台湾，一时与原单位、亲友完全失联。葛前县长为了维持生计，就在台北车站当了一阵子"红帽子"（行李搬运夫）。后来与同乡会取得联系，介绍他来建国中学教国文。

葛老师永远有一副笑眯眯的表情，言谈风趣。他身材矮胖，经常不理发，稀疏的几根头发就挂在额头前。某日葛老师剃了一个大光头，精神焕发地进了教室，见到同学们在纷纷议论，他大声地说：

"这叫作宁缺毋滥。"

葛老师给大家的作文分数打得很宽，我经常得到八十多分。某次我心血来潮，在作文课写了首颇长的现代诗，但得分甚低；葛老师在评语中写道："用意颇佳，但是现代诗不是这样子写的。"从此我自觉没这方面的天分，不再花时间搞"散文分行写"的勾当了。

又有一次是申论题，我乱发议论，自以为得意，结果只得了七十多分。我拿着那篇作文同葛老师讨论；他对我的议论一直点头赞赏，两只眼睛笑成了两道细缝，他说：

"你这回写得挺好，也能自圆其说，可是我不能给你高分咧！你在这儿批评孔夫子，那怎么行，至圣先师是俺的圣人呀！"

葛前县长讲《长恨歌》，结束后问全班同学：

"全首哪两句最好？"

同学们胡乱地抢着答，葛老夫子都不以为然，他说："最好的两句是'玉容寂寞泪阑干，梨花一枝春带雨。'哎呀！这白居易先生真是——真是个过来人呀！"

又问："'七月七日长生殿，夜半无人私语时'，他们在说什么呢？有人说他们是在互相约定，要生生世世为夫妻！这个不好呀！"

"为什么不好呢?"

"这两个印(人)太自私了。"

葛夫子喜欢在班上讲几篇课外的好文章、诗词等,印象深刻的是他讲的一首乐府:

杨白花

初春二三月,杨柳齐作花。

春风一夜入闺闼,杨花飘荡落南家。

含情出户脚无力,拾得杨花泪沾臆。

秋去春还双燕子,愿衔杨花入窠里。

他详细地讲这首乐府的来龙去脉。北魏司徒胡国珍有美貌女儿胡承华,皇帝纳她入后宫,之后晋封皇后。皇帝驾崩,她才三十岁出头,成为主持政务的太后。长期寡居寂寞难耐,便宠幸了禁军将领杨白花。相传杨将军相貌英俊、身材魁梧、英武过人,他与太后床笫之间的乐趣自不待言。葛老师说:

"杨白花在这方面的表现,肯定令胡太后非常满意。"

北魏政局凶险,反对胡太后的势力渐占上风,杨白花身处危境,在一次领兵巡边时,率领部曲投降南朝梁国。胡太后日夜思念杨将军,自谱恋曲《杨白花》,其中有"杨花飘荡落南家"句,指杨将军南去不归。此曲流传到宫外,在洛阳文人、青楼之间广为唱诵。之后权臣尔朱荣主政,下令将幼主和胡太后沉入黄河溺毙。

葛老师问大家:"这首乐府最美的是哪一句?"

同学们胡乱猜了一通,葛老师笑笑,用着低沉的声音,极有韵味地念道:

"含情出户脚无力!"

他又说:"还有人把'秋去春还双燕子'的双燕子改成'梁上燕',那就把这首乐府变得一文不值。"

对喔!词中的"双燕子""衔杨花""入窠里",都透露着发人冥想的双关隐意;陌生冷漠的梁上燕,怎能表达美艳成熟妇人胡承华的炽盛思春之情于万一?

葛夫子让我体会到中国诗词的委婉、凄美、深邃。

后记

历届建国中学同学,只要是汪焕庭老师教过的,都能说出一两段他的故事来。根据马英九的回忆:有位好学生问一道难题,汪老师在黑板上画了图,苦苦思索但解不出来,汪老师问:"这道题目是从哪里来的?"

　　学生拿出一本参考书,是本什么《解析几何难题大全》之类的书。汪老师拿在手中翻看了一会儿,走到窗口,将那本书丢到楼下去了,继续讲课。

连环屁

　　我们这个保送班，并非每位同学都是成绩优秀的好学生，那时候通过特权安插子女上好中学、上保送班，不足为人道的事也曾发生。像我们班上的"国手"，凭他那个程度，比我还差上好一大截，怎么也进了保送班？多半是他的家庭背景够硬。事过境迁，这笔旧账永远算不清楚，也不重要了。

　　国手的篮球打得叫人口服心服；他个头不高，弹性惊人，担任控球后卫，在场上冷静、随机应变、屡屡送出妙传，让队友轻松得分。国手不是同学起哄给他起的绰号，人家是如假包换的篮球国手。上高一才两个星期就是校队的先发球员，不久又征调到国光队当后卫。那时候克难队是台湾的代表队，国光是第二代表队。

　　当年美国归主篮球队访问台湾，是篮坛的盛事，他们以篮球比赛传基督教福音，福音传得如何不太清楚，台湾篮球迷最爱看他们的优异球技。归主队人高马大，技术水准比台湾高出许多，七次横扫台湾，未曾一败。

　　每次都由国光队打头阵对上归主队，少输为赢，学习为主，我们班的这位国手有多次机会上场，表现不俗。归主队的当家控球后卫，台湾报纸给他起了中文名字：许备德。许先生体型已臃肿，但是防守能力仍强，卡位抢篮板球更是一流，球风稳健。

　　记得有次比赛，国手在许备德面前运球，老许稳重如山，体型比国手大三号，高出十几厘米。国手左盘右旋，找不到切入点。突然他高高跳起，在许备德的头顶上出手投篮，他不看篮筐双目就紧盯住许备德，球儿擦板入网。这一球太神啦！三军球场爆起一阵欢呼，久久不能止。

　　国手事后对我说，打球纯粹是斗智，要先在意念上胜过对方才能赢球。他看过我打篮球，认为我再怎么练也没指望：个子不够高、弹性普通、卡位抢篮板球没有天分，说的都是实话。

　　国手的身体棒，模样帅，在球场上出尽风头，给他带来强烈的自信，自然他的异性缘也就特别殊胜，桃花事件连续不断。下课时尽听他吹男女之事：前天和他的干妹妹在床上随便揉搓、有个年轻阿姨吃饭的时候用脚钩他的小腿……完全没有这方面经验的我们，听得半信半疑、又羡慕又嫉妒。不用说，我们当时都满崇拜国手的。

同学们选国手当班长，那纯粹是起哄。这个屌家伙忙着练球、比赛，经常缺课，班长不在就由副班长代理，副班长是导师的儿子，方便啦！同学请假需要导师盖章，副班长带假条回家，偷偷拿他老爸的图章用印，一切妥当。保送班的同学不是光会死读书的乖乖牌，我们也很会动脑筋、开个通路。

国手缺课太多，功课跟不上，没时间写作业，但是他自有招数。班长负责收集同学们的作业簿子，交到老师的办公室；就趁着这个短暂的空当，他快速撕去某同学作业簿的封面，把自己的封面粘上，按时交了作业，成绩还挺好。这个做法严重地损人利己，作业被改头换面的同学，按时交上却没成绩、没记录，必须连夜赶工补交，迟交又要扣分。

班上的高手如云，论起来谁的字写得最好？正是与我在国语实小同班的江显桢和瞿树元二老友。国手是个机灵人，当然观察得一清二楚。头一次他就把江显桢的公民作业簿换上自己的封面，那位公民老师很注重同学上课是否注意听讲，他以同学们在作业簿上抄的笔记来评分数。学期将结束，老江的整本笔记不见了，这可把他害得好惨；必须从头写好前面所有的笔记，按时补交上去。不用说，那个学期老江的公民成绩大打折扣。

某次交地理作业的时候，国手重施故技，把瞿树元的作业簿子改头换面了。那位肥墩墩爱讲全中国美食的朱老师，下课前叫国手和瞿树元都到办公室去一下。我们几个好事者，就挤在办公室外观望；听不清屋子里面的谈话声，朱老师拿出一本作业簿子给他们看，国手低头做忏悔状。然后老师对着他比手画脚地训话，讲了许久。

事后瞿树元告诉我，没什么大事，国手一开始就认错了，朱老师教训了他几句，然后就讲他当年在大陆的事，树元学着朱老的乡音：

"你写的字跟鬼画符似的，同瞿树元的字差别太大啦！谁看不出来呀？在老家的时候，俺可是鉴别假钞票的'第一把眼睛'。"

这个事件发生后，国手的班长职务被撤换了。

高中三年一下子就过去了，我拖拖拉拉、有惊无险地随波逐流，没留级没记过，关关难过关关过。猛然察觉，距离毕业只剩下几个星期了。国手照常缺课，冠冕堂皇的理由是要练球比赛，但是他告诉我实话，当个知名的篮球员夜生活很繁忙，早上根本起不来。他怎么通过了三年来这么多严谨密集的作业、大小考试，我不清楚。一群大个子坐在后排，他们如何应付考试，自然有他们的花样吧！班上崇拜国手的也不止我一个。

学校突然宣布，应届毕业生一律要参加"会考"，全体高三同学在风雨操场抽签入座，统一考题，要考英、国、数、理、化各主要科目，会考成绩不及格不能毕业。下午国手睡眼惺忪地来上课，我告诉他会考的消息，他脸色发绿。

会考前一天，国手拖着我在操场一角谈事情，劈头就说："他妈的，这回数学我肯定过不去，座位都乱掉，谁也帮不上忙。"

我很同情地点着头。他突然问我：

"你小子上过酒家吗？"

我倒咽一口吐沫，神情惭愧地摇着头。

"看你这副屄德行，绝对没去过。我告诉你，那个地方才叫好玩哩！"

冥冥之中脑海中升起了一幅幅行乐图：穿高衩旗袍的女郎，

身材匀称，就在身边来回磨蹭，又是个什么阵仗，何等滋味！

"你去过？"我问。

"北投新开的那家不错。友联队老板招待，'自由杯'我们连赢三场。"

国手参加了好几个球队，赢了大比赛老板就大请客。

"帮我办成这件事，我带你去一次酒家，让你这个土蛋也开开洋荤。"

国手压低了嗓门，其实附近并没有一个人影。国手讲了他的秘密计划，当晚就执行，听着很刺激，连考虑都没有考虑我就答应了。

晚上九点钟，我穿着黑色衣裤，蹲在教务处右侧的大榕树下。国手的口哨声尖锐，他也是一身黑色装扮，现身在十步之外。国手有钥匙，一下子就打开了教务处的门，进门后他随手轻轻把门关好扣上。他说：

"老姜把一份数学考卷撕碎了，当作印坏的，丢在油印机附近的字纸篓里。"

老姜是学校的校工，国手和他有交情。但是今晚的教务处有点不一样，印考卷的油印机搬到哪里去了？两人焦急地四顾，我开始紧张、后悔。国手指着一个小角落，三面用两米高的木板围起，前方开了一道门。他说："一定在这里面。"

老姜没有给他这扇小门的钥匙，怎么办？围起来的几块木板没有封顶，他很果断，随即蹲下要我踩在他的肩上翻过去。也是想都没想我立即从命，站在他的双肩，颤颤巍巍扶着木板，正要使劲跨腿翻过去，不料临时搭起的木板承受不住力道，竟然呼扇呼扇地前后摇动，发出很大的响声。

听见教务处外面的走廊上有脚步声，手电筒明灭不已，有人巡夜到此地。我们二人当场僵住，屏住呼吸不敢动弹。我双手紧抓木板，采半蹲的姿态，屁股几乎是坐在国手的头顶上。巡夜人扭动了几下教务处的门把，看看是否锁实了，幸好门打不开。我的心脏做剧烈的震荡，快要穿胸而出了。突然腹内起了一阵剧痛，不能忍，当时就在国手的头顶上连续放了具有中等音效的屁，也没有计数，二十几响吧！谁也笑不出来。我听到国手的呼吸声沉重，仿佛看见他咬牙切齿的模样。

巡夜人走远，一切按计划进行。字纸篓的考卷撕成四瓣，很容易就恢复原状。

深夜，我紧急地敲打瞿树元家大门，他睡眼惺忪地望着我。

我说：

"拜托，我们来解几道题目。"

四道题目都容易，树元三下两下就做好。他说：

"这都是什么烂题目，还不赶快去看解析几何第八章，里面的难题多。"

飞快地蹬着脚踏车，凉风迎面拂来，居然很有成就感。哎哟！不对，国手的数学程度奇差，会考让他拿了一百分老师能不怀疑？连我这号学生考满分也不正常，一旦追究起来麻烦就大了，一时心中充满了恐惧。但是骑虎难下，又能怎么样呢？答卷交给了国手。

数学会考完毕，瞿树元皱着眉头走过来，低声问：

"你是从哪里弄来的那几道题目？"

我做了一个投篮的姿势，露出神秘的微笑，片刻树元也跟着笑了，他笑得很憨傻。

成绩发表，数学得一百分的多如牛毛，会考成绩不列入纪录，走个形式而已。国手的数学得了八十六分，我想他一定是抄错了某处答案。

国手为这件事对我十分不满，不时地在同学面前糗我：

"王正方的程度真不怎么样，很容易的数学题目也会做错。"

"妈的王正方很差劲，一紧张他就放连环屁。"

到今天，我还是没去过酒家。

后记

高中毕业五十周年，同学会办得盛大。光是我们班就来了二十三人。晚上的宴会，还能喝两盅的都喝到舌头变大，有说不完的趣事。国手没有来，毕业后此人就和大家失联。仗着酒意，我向老同学们讲了这段偷考卷、放连环屁的丰功伟业。全体笑到东倒西歪，但是没几个人把它当真，认为我又乱编了一段来增强欢乐氛围，老王讲笑话还是一流。有位同学说：

"小时候你真的很胡搞，偷考卷被抓到肯定开除的！"

"肯定开除。"

"那么你的学历只有初中毕业。"

幸好是五十年前的事，过了法律追诉期。

看过一篇医学报道，十多岁的少年，主管理性判断的大脑前叶尚未发育完备，易做出冲动性的极端行为，铤而走险，一步错步步错。那天晚上如果巡夜人进了教务处，我的人生会是另外一幅情景。

希望国手谅解我的连环屁，那天晚上完全无法控制，绝对不是故意的。

鲁思玛莉我爱你

高中时参加辩论会题目：中学生应否
谈恋爱？
你猜我的立场是什么？

十七八岁的我，体内的荷尔蒙分泌得最为旺盛。与同学们闲扯，没两句话就说到男女之间的事，谈话内容欠文雅。其实都在瞎掰，我们同女性交谈的经验都极少。

上男子中学，每人傻愣愣地剃个光头，见到漂亮女孩便面红耳赤，神不守舍，张口结舌不能言，心中涌起连绵不断的行乐图来；惨绿少年的真实写照。

当年有大批神父、牧师纷纷渡过海峡来到台湾，基督教、天主教一时在台湾发展兴盛，礼拜天上教堂蔚然成风，教堂里可以遇到女孩子。每个星期日我都去台北市古亭区的天主教南堂；一开始热心学拉丁文，不久便熟练地上台辅祭；拜苦路时在一旁诵念经文祷词，因为神父觉得我发音标准；又参加唱经班，排在后方的低音部，压着嗓门跟着吼几声。南堂的本堂老神父对我颇为器重。

不久老神父认为我可以领"坚振"礼了（Confirmation），先去同安街圣马力诺修女院开设的坚振班上课。受洗成为天主教徒之后，表现良好才能接受"坚振"礼，更进一步坚定信仰。修女院的"坚振"课有十几个学生，女生占三分之二。

头一天上课就被一位女郎深深吸引。她有一双大眼睛、短头发，体态丰腴，声音甜美，笑容甭提多迷人了。该怎么办，上去同她讲话呀！下课时借故和几个女同学说笑，有一次大眼睛女郎对我点头微笑，但是还没有直接说上话。

"坚振班"上到一半的课程，修女老师要每位同学认一个"圣名"，领坚振礼之后，就得到多一位圣人的护佑。她很快地就选了鲁思玛莉（Rose Marie），班上其他的同学也都选好，我还在犹豫，总得选个与众不同的名字吧！一再催促，就选了Claudius，修女说Claudius是欧洲中古时期天主教的圣人。可是这名字的正确发音不好掌握，班上有个讲四川话的家伙，把它读作"格老子"，之后"格老子"就成为我的绰号。

探明鲁思玛莉是搭公共汽车来上课的，于是我不骑自行车了，搭乘与她同一路的公交车。有一次车内拥挤，见到她困难地挤上来，夹在人堆里额头冒汗，我叫她："鲁思玛莉，这边有个座位。"

她推开两边的人走了过来，我起立让位子给她，她笑得真美；心在扑通扑通地乱跳着，我们开始讲话了。

之后我每次都陪着她乘车上下课，"坚振"班上的同学传言：格老子盯上鲁思玛莉了，简直是寸步不离。我不懂得怎么追求女孩子，根本没胆量提出约会的要求，只喜欢找机会同她闲扯几句，偶尔逗笑了对方，那种成就感胜过一切。

好景不长，坚振学习班结束，与她没有固定的见面机会了。那好办，星期天早上有好几台弥撒，我一早就去，总能等到她出现。每个礼拜三晚上有唱经班练习，鲁思玛莉通常不会缺席。

然而鲁思玛莉好像故意躲着我，望弥撒经常迟到，跪坐在后排，弥撒将要结束，回头望去伊人已经离去。或是弥撒后她一个人跪着念玫瑰经，从侧面看去：好一幅圣洁少女祈祷图；要不

然她就黏着神父问很多话，我站在不远处痴痴地等，老神父对
我说：

"她要同我说点灵魂上的事哩！"

只得知趣地走开。

唱经班负责弹琴的女孩，瘦瘦高高，话很多，笑起来前仰后
合的，声音尖锐，我们叫她"花腔女高音"，或"花腔"；她来自
富贵家庭，和鲁思玛莉结为密友。每周三唱经班练唱，她们两个
一块坐私家汽车来去。我那个陪同搭乘公交车的招数，已无用武
之地。

有一次唱经班练唱刚结束，花腔和鲁思玛莉正要上私家汽
车，我抢在她们前面说：

"我有一个很好笑的笑话，你们要不要听？"

花腔有兴趣地连连点头，我比手画脚地说了那个笑话，花腔
笑弯了腰，鲁思玛莉不耐烦地略略皱起眉头，似笑非笑，催她
上车。

怎么回事？我讲笑话挺有名的。某年天主教夏令营同乐晚
会，我穿上长袍上台说相声，我说："说个谜语给你猜猜！"捧哏
的小刚回答："您说。"我以两手做撕拉状，说："刺啦！""喔！就

没啦？这个猜不着。""我炸了根油条。"台下笑成一片。"还有一个谜语。""请说。""刺啦！""怎么还是它？""我又炸了一根油条。"

观众都笑得前仰后合，我捏住了大家的那根笑筋，之后无论讲什么他们都笑得喘不过气来。为什么鲁思玛莉不欣赏我的幽默感？

某日小刚在教堂前叫我：

"格老子！有人告诉我，老神父说你老在公共汽车站堵鲁思玛莉，然后哈哈大笑。"

"老神父知道这么多？"

"可能是她在办告解的时候讲的。"

"可是告解亭里说的事不能传出来的呀！"

"谁知道呢？"

怕什么，我又没做违犯十诫的事。这也难说，我常有个幻想：与鲁思玛莉享受同床共枕之乐。真是亵渎！偶尔起个"意淫"，也算犯了十诫第六条的邪淫罪？

曾经听某位神父说过：

"你心中想那个事，虽然没有做也算犯了罪！"

邪淫属于大罪，犯大罪是要下地狱的。地狱中的"永火"比世间的火厉害多了；"永火"烧起来的疼痛，就如同真火与纸上画的火之间的区别，简直无法想象。可是我始终没有向神父告解，讲与鲁丝玛莉行其好事的意淫之念，这项"邪淫"罪只私属于我和鲁思玛莉。

我毫不气馁，继续向伊人表达仰慕，经常也只能和她打个照面说两句话，或在教堂内默默地看着她虔诚地望弥撒、随着琴声与大家唱起"耶稣矜怜我等"，侧面静观鲁思玛莉唱圣诗，她嘴唇一开一合特别性感，诱惑死人的，如果我能凑过去与她做唇与唇的接触，然后——啊！亵渎、亵渎。

西门町某首轮电影院正上映霍华基尔（Howard Keel）主演的歌舞片 *Rose Marie*，片中有主题曲《鲁思玛莉我爱你》（*Rose Marie I love you*），唱得震撼人心，动听至极。我看了两遍，都是自己一个人去的。曾经试着邀她一同去看这部电影，生平头一次约女孩子，挫败而返。但是我把这首主题曲练熟了，想着终究有一天，会在她面前充满激情地唱起来。

老神父约我单独谈话；心中忐忑不安，他知道了我的那个邪淫之念？老神父不断夸奖我近来表现好，全世界有好几亿天主教徒，梵蒂冈教廷需要很多年轻人来奉献；你感觉到天主的召唤了吗?"圣召"是严肃的,你好好地想一想。受宠若惊,要我进修道院、念神学,以后当神父做弥撒?我频频点头,答应回去认真地考虑。

"根本用不着考虑,我们天天胡说八道,你每隔十五分钟就讲那件事,也配去当洋和尚?"小刚说。

话说得没错,我穿上大袍子做弥撒,举起圣杯,闭上眼睛朝着十字架默祷,冥冥之中脑海出现一幅与鲁思玛莉做着传宗接代的行乐图,欢畅不止。这像话吗?在告解亭向老神父说,我灵魂上的问题多,还没有感应到有圣召。老神父要我谨守十诫,认真地做一名天主教徒,圣召随时会到来。

最丑陋的一幕终于来临。那次唱经班练唱结束,我快步追上她俩:"我又有一个很好笑的笑话——"

鲁思玛莉突然扭过头来一脸愠色,提高了嗓门:

"我不要听你的什么笑话,不要听、不要听,别再缠着我好不好?"

说完大踏步地走开。我登时愣在那儿无地自容,四周有好多唱诗班的团员,个个瞪着大眼看。花腔过来在我耳边轻轻地说:"别在意,她今天的心情特别不好。"

然后她小跑着追上鲁思玛莉。

罢了，罢了！我泄气泄到了尽头，有如虚脱，靠着墙伫立，无法动弹。小刚负责收拾会场，很晚才离开教堂，见到我歪着头倚墙而立，过来问：

"你是怎么了？"我顺着墙沿一屁股坐到地上。

小刚建议必须写封信给她，把我真挚的爱恋之意详细说清楚，也算有个了断。我洋洋洒洒写了七页的倾心告白，字迹工整，不是吹牛的，自觉它是一篇辞情并茂的佳作。事隔多年，现在一句也记不得了。

等回信是最难耐的煎熬，每日神不守舍，她要是根本不回信，那要等到何年何月去？三个礼拜之后我接到她的回信，迫不及待地要打开，且慢，不能把信封扯破了，小心翼翼地拆着；一张纸，写了不到四分之三页；内容全无意外，她不能接受我的追求，最后有句鼓励的话："希望你做一盏十字街头的明灯。"

买了三瓶红露酒，我叫小刚过来。小刚进门就问：

"干吗要喝酒？"

"我失恋了。"

"扯淡，你连她的手都没碰过，失个什么屁恋？"

小刚嫌红露酒的味道苦，我独自喝完三瓶，反复唱《鲁思玛莉我爱你》主题曲中的一句："有时候我希望我从来没见过你——"(Sometimes I wish I've never met you) 唱得很难听；又频频地说，"我要做十字街头的明灯。"

红露酒的反应强烈，喝醉了之后浑身燥热，呕吐、头部剧痛。后院有一石头圆桌，我赤膊趴在石桌的桌面上，嗷嗷地发出兽性呼叫。

后记一

参加了台大话剧社，演过好几出话剧，自己以为有点知名度了。可不是，有一次排戏，几个大一女生在旁边指指点点。一位过来问：

"你就是王正方吗?"

"是我，你们看过我上次演的《悭吝人》?"

"没有，我们都读过你写的情书，蛮精彩的。"

她们是鲁思玛莉的高中同学，我写的那封告白信，曾被广为传阅，有人把七页信纸贴在布告栏上。哎哟! 原来出的是这样的名。

后记二

数十年后，在纽约市筹备一部新电影的首映会，办公室乱糟糟忙到翻天。秘书大声叫我听电话，拿起话筒哈啰了几次，对方不说话，然后传来：

"喂，格老子，我是鲁思玛莉。"

"啊！太意外了，你怎么有我的电话？"

"哎呀！你是名人了，宣传做得那么大，我住在加州，打电话来恭喜，祝贺你的新电影。"

久违了鲁思玛莉，真感谢你的祝福，谈了好一会儿，我说："下次到了加州一定去找你。"

放下电话，遗憾没时间多聊，然而这是我们讲话最久的一次。岁月蹉跎，再也没有见到过她。

我想我还能唱"Rose Marie I love you"那首歌，只是从来不曾当众表演过。

考大学

刚考上台大时的模样

　　如何考上好大学？1956年的夏天，我面临这个难以解答的问题。去问谁？父母早年受民国时代的大陆教育，老哥是建国中学的模范生，直接保送台大化学系，不必考大学；从小学到高中的同窗好友瞿树元、江显桢，他们分别保送进入台大物理系、台大医学院，这两人整个暑假就在家中优哉游哉，人人羡慕。台湾的补习班行业还没有出现，我真是到了求助无门的地步。

　　经常来我们家蹭饭的孙学长，是母亲抗战时期在江西上饶县工兵子弟小学的学生。老孙认为我妈妈是他一世的恩师，把一个顽冥无知的小混球儿，教导成一名用功好学的少年。抗战胜利以后，孙学长随着遗族学校来到台湾，蒋夫人命令遗族子弟从军，他在凤山新兵训练中心混了好几年。不甘心当一辈子的大头兵，他买了升学指南之类的书，在军中偷偷地拼命苦读。头一次以同等学力身份报考大学联合招生，成绩不太理想，上了海事专科学校。第二年再考，台湾省立师范大学数学系录取了他。

孙学长考过两次大学联合招生，比谁都有经验。他很热心地向我传授考大学的重要诀窍。

去图书馆找"考古题"来做。考古题就是前几年的大专联考考题，先去体会一下，抓准了那种感觉。要学会如何做好时间管理；务必要把容易的题目先做掉，稳住阵脚，抢到垫底的分数。

难题一定会碰上，沉住气好好地去想，如果这题目乍一看很费工夫的样子，千万别冲动，笨头笨脑就去解它，时间一下子过去了，既得不到正确答案，时间也耗掉许多。然后心中慌乱，其他容易的题目也会做错。解难题都有个窍门儿，换个想法去思考，往往就迎刃而解。他举了个简单的例子，一道数学题：

$1+2+3+\cdots\cdots+99+100=?$

就有那种傻瓜埋头一个一个去加，时间到了也没得到结果，一定还会加错。

拿到考卷的头一件事，花两三分钟仔细看所有的题目，当机立断先做最容易的，难题留在最后，千万不要按照顺序来做。

孙学长的"考大学要诀"颇有道理，从前我也听说过一些，切忌临场紧张慌乱。然而这不是我最大的问题，我的病根子是三年来读书不踏实，兴趣庞杂，世间好玩的事情太多了，在数学英语等科目上没有下过硬功夫，翻开书本复习，都曾经相识，却又不很熟悉。

暑假头一个星期，天气炎热，汗如雨下。母亲见我每日拿起一本书来看了几页，又去找来另外一本来读，急躁慌乱，漫无章法，还满处找零食吃。老母冷眼旁观了一阵子，她说：

"我不知道你们大学联考要考什么，但是你不能这样乱糟糟地瞎折腾。"

"别管我的事好不好。"

已经进入青少年的叛逆期，我对大人常常显露出不耐烦、倨傲的态度。

"不是在管你，"母亲说，"做什么事都要先理出个头绪来，订下日程表，每天在一定的时间内，固定地做好订下来的事，这就是自律：自律为成功之本。"

我没好气地嘟囔着："是有恒为成功之本，青年守则第十二条。"

吾家老母最有纪律，早上一醒来，就在榻榻米上做自己发明的八段锦功夫操，每日在固定时间铺好旧报纸，悬腕练书法，从未间断，我们家的报纸每一张的正反面都写满了毛笔字。学校大扫除，班长要每位同学带几张家里的旧报纸来，擦拭教室的玻璃窗，他总要提醒一句：

"王正方家的旧报纸上都写了毛笔字，我们不要。"

母亲开始临摹孙过庭书谱，一遍一遍地写，后来书谱的每一句每个字她都记得，就见她信笔写来，摇头晃脑地念念有词。后来她的字自成一格，远近知名，亲友向母亲讨字的人愈来愈多。

抗战时期四处奔波，母亲的病可多了：失眠、神经衰弱、肺不好、经常轻微发烧；这些年来她坚持规律平淡的生活，勤练书法，身体日益健康。许多当时的名书法家对她推崇备至，有李超哉、王壮为、王轶猛等。王壮为说："曹端群是民国以来罕见的优秀女书法家。"

父亲也说："小方得多跟妈妈学着点儿她那个写字的功夫，

每天规定好，在固定的时间念书、做作业；坚持下去，成绩肯定就上去了。每次都来个临时抱佛脚，那怎么行呢？"

他又说："咱们老家的话：'要得富，开久铺。'是长久的久，不是喝酒的那个酒。行之苟有恒，久久自芬芳。"

每天打篮球的时间都不够，闲下来就和瞿树元他们看好莱坞首轮电影、学唱美国流行歌曲……老爸对这些根本就不通；普里斯莱（Elvis Presley）是谁他都不知道，我哪里听得进他那一套？

距离大学联考的那个日子不远了，孙学长建议，一定得有个计划。计划怎么定？简单，你哪一门最没把握就多花时间读它。我搔搔后脑勺，都没什么把握耶！最弱的是数学，接下来是英语……三民主义从来没考过九十五分以下，最有把握。好，一定要自动自发起来，每日早起晚睡：清晨背英文单词，复习英语教材，下午解数学难题，晚上读理化及其他。总共要考六门。

头两个星期尚能坚持，再下去又逐渐懒散起来。当时全台湾的空调机还十分罕见，只偶尔在大公司、洋行里见过，夏日炎炎能热到你倒在榻榻米上昏迷不醒良久。偶尔睁开眼睛，看见母亲一脸汗渍地挥毫写书法，心生惭愧，赶紧爬起来以凉水冲脸，端坐读书；不到几分钟，上下眼皮子又凑到一块去了。

某日下午家中无人，又在榻榻米上昏昏睡去，对门的那只土狗狂吠不止。不由得大怒，起身顶着毒太阳开门喝止土狗，那狗东西冲着我龇牙咧嘴，叫得更凶！混账，连你也看我不顺眼？从地上捡起一块石头来，正要以石头砸它，巷口有雄厚的男中音对我大吼：

"不许动！"

一名身材魁梧的警察跑了过来，态度十分凶悍粗暴，他抓住我的手臂说：

"你手上的石头就是犯罪证据，同我去派出所。"

"什么犯罪证据，我犯了什么罪？"

怎么也解释不清，家中没有其他人，乖乖地被带到派出所做笔录。

当日下午有人向警察局报案，附近许多住户的玻璃窗被人以石头击碎，但是不知道石头从哪里来的，出动好几名警察在案发地附近巡逻，也没抓到现行犯。现在只逮到一名正要拿石头砸下去的少年，就是我！唉，真是秀才遇到兵，不，遇到警察也一样，有理说不清。

两个小时后，父亲出现在派出所。他递给警长一张名片，警长看了一下立即毕恭毕敬地站起来称呼他"教授"。父亲皱着眉头，先单独与我谈话，了解清楚了情况。然后他给警长递了支烟，两人吞云吐雾了几口，老爸说："第×派出所的白警长，您熟吧！"

"当然，我们是老同事了。"

"喔！我跟他小同乡，两个村子隔不到十几里路。您府上是哪里？"

如果对方的家乡在长江以北的任何地方，我家老爸都能同他攀上乡亲。数分钟后，爸爸说：

"这不是自我吹嘘，我们对孩子们的管教一向是最严格的，平白无故砸人窗户的事，他绝对不会做，更不敢做。"

"误会误会，纯粹是一场误会。"警长说。

在回家的路上，爸爸没有责骂我，面带嘲讽地说：

"好好念书准备考大学，干吗跟狗生气呢？等到你拉不出屎来，那才叫跟狗生气了呢！"

"怎么说？"

"你在那儿憋着不拉，不让狗吃你的屎呀！哈哈哈。"

"可是现在的狗都不吃屎了!"

爸爸的笑话,很多还停留在他童年的河北农村时代。他虽然对美国流行音乐一窍不通,但是有许多事情老爸还是挺罩得住的。

大专联考一年一次,如果考得不理想,分发到自己不喜欢的大学,多么委屈难过!所以报名时填志愿,那个学问就大了。第一志愿不妨填上最高目标,后续的几个志愿最为关键,因为一旦考得不太理想,很可能整整四年的时光,就待在一个自己不喜欢的学校里。

孙学长又来帮我出主意,他说既然要报考甲组理工科,第一志愿当然就填最热门的台湾大学电机工程系:

"我连考两次第一志愿都填台大电机系,就是分数不够,这回你一定要给我考上它,算是替咱们两个争一口气。"

好办,就听你孙学长这句话,第一志愿填上台大电机系。但是心里明白,凭我这点子功力,上台大电机的概率不高,考上第二、三志愿最有可能,又该怎么填呢?

两个月前,东海大学的几个建中校友,回母校向毕业班同学宣传他们刚成立的新大学:美国某基督教会创办,采自由教育学风，全体住校，奖学金多，同学们还有很多机会在校内工作，赚到不错的工资，学校位于台中的大肚山畔，环境优雅。

那个年代的台湾，人人崇拜美国！你想想看，一个有美国自由学风的大学，当然允许自由恋爱，校园内说着美式英语、听流行音乐，携着未来女朋友的手（虽然还不知道她是谁），漫步荡漾于山林之间，夜色渐浓，我俯身贴近了她的脸——啊！人间至乐，整日向往不已。

我与林宏荫的第一志愿都填了台湾大学的热门科系，算是给家长一个交代，第二志愿填的是东海大学化工系，约好一块去大肚山下过几年自由自在的日子。

酷热的天气，独自带了个水壶进考场，紧紧张张地煎熬两日，每场考完都和同学讨论一番：某道题目的正确答案究竟是什么？算了吧！已经交卷，万事由天莫强求，何须空自去发愁。浑浑噩噩地走出考场，进得家门来，坐下去就站不起来了。

"饿了吧！考得怎么样？"母亲问。

老实说没啥感觉，现在我不愿意去谈它想它。

"不知道，会的都写上去了，不会的也胡写了一通。妈您放心，好歹也能考上个大学，等着发榜吧！"

游手好闲难度日

发榜前几天晚上，彻夜难眠；间或睡着了片刻，又做起乱七八糟的梦来：我一个学校都没考上，简直不能做人了，低下头走黑巷子，落榜小子狗都嫌。

大学联合招生录取名单会刊登在各大报纸上，中国广播公司抢在头一天晚上广播这份名单。众考生个个守在收音机旁，紧张万分地盼望听到播音员念到自己的名字，最好是以第一志愿录取！

哎呀！要忍受这种惶恐、期盼、无奈、等待——简直是世上最痛苦的煎熬。想起某古希腊哲学家的名言：

"人类最可怕的悲剧就是对未来的不可知！"

和父母、哥哥一道听广播，若听到的是一个无法承受的彻底失望，还能活得下去吗？

我约好瞿树元、林宏荫他们几个去南昌街打斯诺克（snooker），叫那家弹子房把收音机开到最响，放轻松，一面打弹子一面收听录取名单，任凭世间风云在耳边掠过，我们就在此地谈笑风生，将各种颜色的弹球一一击入洞中袋底！

瞿树元的弹子功力很平常，加上他有四百多度的近视眼，长球多半打不准；今天晚上他却是神准起来，左一撞右一蹭的，球儿纷纷入袋。当然啰！瞿树元早就得到校方推荐，保送台大物理系，今天他是陪我们来玩儿的，广播名单里肯定没有他，人家心中笃定得很。其他人就在那里强自镇定，弹子都打得七歪八斜的。

广播录取名单开始，第一间大学的第一个科系是台湾大学数学系，录取的第一位同学是：林早阳，播音员以正宗国语念了两遍他的名字。早阳是我们班的同学，绰号"遭殃"。大家高呼：

"遭殃一点也不遭殃，他是第一名。"

"早晨的太阳，自然是第一个出来的呀！"树元说。

念到台大电机系的录取名单了，我竖起耳朵来全神贯注地倾听；听到王七、陈秀夫、柯燕卿的名字，都是我们班上的优秀同学，还有好几个隔壁班的也上了榜，这都不令人意外。听着听着已到了尾声，那年台大电机系只录取四十五名学生，我觉得自己的机会渺茫，等着听东海大学化工系的名单吧！

然而就在台大电机系名单快要结束时，播音员突然字正腔圆地说："王正方，王正方。"

瞿树元从球台的那一头跳了起来，连笑带骂地大声吼叫："他妈的你这小子，根本不读书，每次考学校就让你撞上个狗屎运气！别人会被你气死的。"

我三鞠躬致谢，故作谦虚状：

"小子德薄能鲜，全仗祖上余荫。"

林宏荫考上了东海大学化工系。他那晚的神情有几分沮丧，我劝他：

"好好享受在东海的自由生活，你肯定会及早体会到男女间肉体互动之欢愉，共勉之！"

宏荫哧哧地笑起来，刷的一下子脸涨得通红。

与瞿树元骑着脚踏车在台北市街头乱转，天南地北地谈未来四年，夜深方才回到家。

母亲独自坐在客厅闭目养神，父亲的鼾声阵阵。我轻轻地进了家门，低声问："还没睡？"

"哦，在等你呀！我们都听到广播了，你爸爸高兴得又唱了那一段。"

"我本是卧龙岗散淡的人？"

老爸当然对我考大学的成绩极为满意，这是个完全出乎意料的结果。他在朋友面前常说这么一句：

"一家子里有两个小孩都上了台湾大学的热门科系，还真不多见哪！"

带着我去各社交场合，见到亲朋好友，个个赞不绝口："哎呀！你家弟弟也这么优秀，将门虎子，王府真的是人才辈出呀！"

爸妈笑得嘴巴合不拢来。

两星期后，联考成绩单寄到家里：总分四百六十八分：三民主义、国文、史地的分数都蛮高的，理化科也不错，英语马马虎虎，数学只得了六十几分。那次的数学题目甚难，据说能考到六十分的并不多。花最多时间去读的那两门，依旧考得最差。依照榜单的排名次序，我以倒数第三名考上了台大电机系，好不惊险。

一生最闲散的时光，就是发榜后等候开学的那段日子。每天晚起晚睡，吊儿郎当地去各处瞎混，双亲不做任何批评。

孙学长特别兴奋，说我替他争了口鸟气，考上了他最向往的台大电机系。约了哥哥我们三个人一同去打撞球，祝贺我金榜题名。南昌街的那间撞球店，计分小姐阿珠的"胸前伟大"，他们早就想见识见识。

在撞球店我和计分小姐阿珠，有一搭没一搭地聊着。隔壁一张撞球台子，有两名中年人显然喝得过量，有时候撞球杆子都倒着拿，在那里吆三喝四地乱打一通。然后又冲着阿珠怒吼，说她不专心替他们计分，只顾着同那个少年郎讲话，阿珠一脸委屈。

我朝着醉汉怒目而视，那人突然面露狰狞地走过来，张开大嘴喷出臭烘烘的酒气，他说：

"你看什么看，有什么好看的?"

"不能看吗? 我看你长得漂亮。"我说。

一只拳头歪歪斜斜地就朝着我脸上打过来，我退后一步躲过。那人踉踉跄跄地再逼过来，路都走不稳。突然身强体壮的孙学长站在我和醉汉之间，他用手轻轻一推，醉汉就往后倾倒，被他的朋友扶住。

"怎么样，要打架吗?"醉汉口齿不清。

"打架?"孙学长说,"这种事我从小就经常干的耶!"

孙学长说完了又推他一把,醉汉再往后倒了下去,并没有真的打起来,双方互相吼叫了一阵子。阿珠把撞球店老板找出来,老板最怕有人在他店里吵架闹事,他连哄带骗地说好话,不收费了,把那两名醉鬼送走;回过头来笑眯眯地请大家继续玩球。

一局还没打完,就见到有个短头发的矮胖中年,率领几名年轻人冲进门来,他们像是便衣警探。店里几个正在打球的青少年,一见到这几个人就纷纷夺门而出,有一个朝着后门快速闪过去;中年胖子脚程好,熟门熟路地几步就冲到后门,一把抓住想要逃跑的人,两名便衣警察冲上来,以手铐将那人的双手扣上,干脆熟练。

阿珠在我身旁耳语:"那个人是少年犯罪组的鲁组长。"

经常在报上读到这位警官的事迹,鲁组长是不良少年的克星,破获了不知多少起青少年犯罪案件。依照当时的戒严法,未成年青少年不准在撞球店出没。

鲁组长环视全场,我感觉到他带有权威性、具慑人威力的目光,朝着我炯炯地射过来。鲁组长一步步地走向我,上下打量,距离约半步之遥,他停住了,声音低沉地问我:"身份证!"

"没带出来。"我说。

"那么给我看一下你的学生证。"

"也忘记带了。"

"哦?"他露出不友善的笑容,"同我到警察局走一趟,你的证件就都出来了。"

奇怪了,是因为我的长相他们看不顺眼?干吗要我去警察局?

"为什么要同你去警察局,我只是站在这里,你看见我做了什么违法事吗?"我的语气不平和。

"就是因为你态度不好!"他大吼,声音出奇的洪亮。

鲁警官的表情十分怕人,他向身边的便衣使了个眼色,那便衣伸出手来按住我的肩头。我一时气愤,不假思索出手用力地把那人的手从我的右肩推下去。便衣警探个个精通擒拿术,他迅速地抓住我右手,一拉一扭就将我的右臂死死地反扣住,略一使劲拉扯,我的整个臂膀就痛彻心扉。

"我是台大化学系的学生,"哥哥手里举着他的学生证给鲁组长看,他说,"他是我弟弟,今年建国中学毕业,刚刚考上台大电机系,怎么会是个不良少年。警官你讲得对,我弟的态度有时候的确不太好。向你保证,我们回去好好管教,以后他的那个态度绝对会改善。"

老哥彬彬有礼、形象正派，有条有理心平气和地向鲁组长陈情，鲁老大大概知道这回找错了对象，显得不耐烦，招呼属下放开我，带着捉拿的人犯，一阵风似的离去。

一晚上全靠着孙学长和老哥替我解围，怎么回事？难道说是因为我不小心考上了台湾大学，自我感觉过于良好，便得意忘形，傲慢不逊起来，处处显露出那个"不良少年"的模样？

西门町的每部首轮电影都看过，普里斯莱主演的 *Love me Tender* 看了两次，影片中每支曲子我都会唱，学着"猫王"嗓音微微颤抖的那个死调调，同学们听了都说："他妈的真像。"

但是普里斯莱的演戏天分实在不敢恭维，这人连最基本的喜怒哀乐也不会掌握，但是无关紧要，大家为了要听他唱歌才去看他的电影。在片子里只要他开口唱起来，整个电影院就听见一片嗡嗡之声，都跟着哼哼呢！

我不时对瞿树元他们说："换我来演普里斯莱的角色，这个电影就有看头了。"

瞿树元屡次听到我说这些，就摇头叹气，说："唉！明星梦，明星梦！你这个明星梦迟早必须醒过来。"

我好想去演戏

报考演员训练班的明星照，是这副德性

明星梦醒的日子迟迟不来。

我在报上见到一则广告：台湾制片场演员训练班招生，列出年龄、教育程度、身高体重等条件。我当然都合格。偷偷去照相馆拍了一张明星味儿十足的照片，与报名表格一道寄出。应征的笔试很简单，当然通过录取了，重要的是面试。

台湾电影制片厂厂长袁丛美导演亲自面试，可见片厂对这次招考演员有多么重视。袁导演坐在一张大办公桌后面，仔细地看考生资料，他的夫人、台湾第一美人夷光，斜靠在一张沙发上看杂志。

袁导演的声音低沉，问了我几个问题，我竭尽所能地说了几句自以为得体的话，厂长频频点头，相信他对我的正宗北京腔颇为满意吧！然后他说：

"来这个演员班学习，一定要慎重考虑好，你愿意终身从事演艺工作吗？"

我不断地点头。他拿起我的报名表看了看说：

"还有，你的家长必须同意。家长这一栏你怎么没有填啊？"

我匆匆写上父亲的名字。

"哦！你父亲是王寿康，《国语日报》的王副社长？他同意你来上这个演员班吗？"

我含混以对。正在看杂志的夷光，抬起头来看我一眼。

"您认识家父？"

"当然，他是我们的老师嘛！"

对哟！爸爸在台湾制片厂教过好几届的舞台语正音班。袁厂长说：

"很好，不久就会接到厂里的通知。"

可是台制厂的演员训练班已经开始上课了，我还是没有接到报到通知。

台湾的夏天热起来可不是开玩笑的。把日式房子的门窗都打开，通风顺畅，但是吹进来的都是软绵绵充满湿气的热风，令人闷闷的，浑身发黏。每天没个大事，闲闲散散地混着，夏日炎炎正好眠；我经常就倒在榻榻米上半醒半睡地虚度时光。

有时候瞿树元他们过来找我出去逛街，见到的是一具勉强还带有呼吸的活僵尸，倒在榻榻米上口齿不清地说着："让我再眯瞪一会儿。"

"再眯瞪下去天就黑了。"

最后只好放弃，瞿树元叹了口气说：

"这简直是到了一种极点啦！"

母亲见到我的这种表现，也经常说：

"这孩子真叫没出息。"

怎么样呢？我已经考上第一志愿了呀！

某日下午，又躺在榻榻米上半昏迷地耍无赖，母亲把一份《大华晚报》扔过来：

"晚报已经送来了，一天就快过去啰！"

无聊地翻看晚报，读到一则很小的广告："中华铁血剧团招募演员"，立刻精神百倍起来，仔细阅读后一跃而起，穿戴整齐，出门搭公共汽车往西门町而去。

进入一家门面窄小的西门町旅社，爬楼梯到第五层，有点胆怯地敲门。等了好一会儿，打开了个门缝儿：

"找谁呀？"

"应征演员。"

一位面色灰白、头发过长的中年人，开门让我进去。他自我介绍：

"我是中华铁血剧团的副团长，这是个水平很高的职业话剧团，经常环岛演出，很需要年轻新血来参加。我们的培训计划非常完整，只要条件好、用心演戏，马上就可以在剧团里演出重要的角色。"

副团长拿出剧本来，挑出几段不同角色的台词，让我念念看，然后再同我讲这些角色的性格、在剧中应有的情绪等。他说："你能不能变换个方式，用声音表情来表达角色不同的内心感受？"

那个剧本叫《天伦泪》，五幕三景人伦大悲剧，是北投"政工干校"某教师编写的反共抗俄时代剧，它有点知名度，因为符合了台湾当时的政治基调。我看过一个剧团演出这出戏，内容是讲大陆的某个农村，儿子参加了共产党，回乡清算他父亲；老头子受尽屈辱，在台上哭诉：

"这就是我的儿子!"

扮演父亲的演员是东北人，因为情绪奔放，就顾不得发音是否正确了，他一字一字重复地以浓重的东北腔大声念台词：

"则就四我地儿纸!"

营造出喜剧效果来，台下笑成一片。

副团长要我念的就是那一段，我绷着个劲，压低了嗓门儿装老头儿，有模有样地读起台词来。自己觉得掌握得还不错。从副团长的面部表情来看，他对我念的那几段似乎颇为满意。副团长说：

"你的嗓音低沉有力，很适合饰演老年人。如果来参加中华铁血剧团，几乎每出戏都有你可以演的角色。剧团排的日程很忙，不久之后又要开始环岛演出了。你得早点做个决定，我们这边也好安排。"

心中嘀咕起来，我刚满十八岁，照着镜子看自己的长相，再怎么说也符合英俊小生的条件，却要我演老人?

念台词的时候，看见隔壁房间里有位身材窈窕的女子，来来回回地走动，她在镜子前面梳头，长发及腰，遗憾的是没有看清楚她的正面娇容，只见到个背影：纤秀的腰身，臀部丰满，已令人怦然心动。心无所属之际，我不记得当时是怎么答复副团长的，未置可否？

某日看完夜场电影回家，刚进门老哥就把我拉到一边，低声地问：

"你又在搞什么名堂！台大电机系不预备去读了吗？"

"没有哇，怎么会呢？"

"爸爸还在那里生气呢！今天下午来了个人，他说是中华铁血剧团的副团长，剧团明天一早去基隆演出，要你赶快去报到。"

哎哟，副团长找到家里来啦！可不是，在那个年月逢上紧急的事，都是亲自跑一趟。

"爸爸那时候刚好在家里？"

"就是嘛！老头儿听了一肚子火气，嗓门大得不得了，呵呵冷笑说我们家的儿子考上台大电机系，哪里会去你们那个什么剧团演戏？少在这里胡扯。副团长还一直问：'这个王正方不住在这里吗？'老头儿就去后面拿出一只扫把来，副团长赶紧转头撤走。你说热闹不热闹?"

父亲听到我们兄弟在说悄悄话,咳了一声,他大喊:

"是小方回来了吗?"

低下头进屋子挨训。爸爸劈头第一句话:

"你这一阵子胡鬼瞎闹的还没个够吗?怎么,想跟那个什么剧团去跑江湖?这笑话可闹大了!"

一晚上老爸跟我算起老账来,过去几年来我的种种素行不端,他再度提出来述说一遍,连最近我报名台湾制片厂演员训练班的事情,老头儿也知道,估计是袁丛美导演跟他说的。只有紧闭嘴巴不敢回话,最后父亲做了结语:

"注册那天你给我一早就去台湾大学报到,不准再玩新花样了。"

我始终觉得挺对不起那位副团长的,当时话没说清楚,害得他白跑了一趟,还被老爸赶出门去。事后做心理分析:自己分明不可能参加那个剧团的,为什么当时没有同副团长说明白?可能下意识里真的很渴望去跑江湖、演戏;或者是,心中兀自迫切地希望看清楚那位身材妙曼、长发飘逸女郎的庐山真面目?

哪里敢违背父亲的嘱咐,注册那天起了个大早去台湾大学报到，有四位同学比我去得更早。学生证的号码按照报到先后顺序排列，我的台大学号是455305：45代表民国四十五年（1956）的入学新生，下面一个5字是第五学院。当时台湾大学有六个学院：文、理、法、医、工、农，工学院排第五。工学院有四系：土木、机械、电机、化工，第3学系是电机工程系。吾乃电机系第5个报到的新生；#5从此成为我一生的幸运号码（lucky number）。

台湾大学的校门非常不起眼，建筑矮小，它哪里能算个建筑？那只是个一层高的传达室，上面矗立着根旗竿子而已。我踏着自行车，不停地在台湾大学校门口绕圈子。

晨风迎面吹来，想起这几年来的读书过程：起起伏伏（以"伏"为主），跌跌爬爬，大过不犯（因为没被逮到过），小过不断，但是总能幸运地攀上好学校的末节车厢，吊在车尾飘浮前进。

此处是全台湾最好的大学，绝对错不了，我就要在本校电机系上课了；您说像话吗？

对了，我骑的还是那辆日本"能率牌"26寸（二六慢板）货运脚踏车，车把特别高，远看像一个人端了只脸盆在大街上行走，整个就是帅不起来。

在日月潭作原住民武士状　　　　1955年暑假参加救国团的金门战斗营全副配备作军人状

附录　黎锦熙老师的子弟兵

出版社转来一封电邮，写着：

尊敬的王正方先生，

您好！非常冒昧写信给您，源于近期读到您的新书《十年颠沛一顽童》。我们惊奇地发现您的父亲王寿康（莘青）与我们的祖父是旧相识。我们在祖父的遗物中找到"北京师范大学国语专修科"的毕业照（附后），黎锦熙先生的右侧是您的父亲，左侧即是我们的祖父王述达，字善恺，语言学家，辞典编纂家。1949年前，曾任教于北师大附中、北师大及《中国大词典》编纂处，是黎锦熙先生的得意门生，参与过《国语辞典》等多部辞书的编纂。

从您的著书和祖父仅存的遗稿中均能看出王寿康先生和王述达先生不仅一起工作过，而且熟识。

特别能体验您写作《十年颠沛一顽童》时的心境。我们现在也在整理祖父的东西，希望能够通过文字记载他的成就和心路历程，以供世人了解和纪念。

署名者是父亲昔年老同学、老同事王述达，字善恺的后人。打开黑白老照片，第一眼就认出来：坐在第一排戴着眼镜、头发秃了一半、穿浅色西服、表情严肃的那一位，就是我父亲；他身旁是温文儒雅面容消瘦的黎锦熙老师。我们兄弟在北平见过黎老数次，见到他我们都以"太老师"称呼。

1925年父亲自北京师范大学国文系毕业，师从语言学大师黎锦熙；黎老师安排他在北平某中学教国文。头一天面对一屋子学生，紧张万分，他强自镇静，先点个名吧！大声念着学生名册上的第一行字："席次表"！念了三遍没人答应，那个姓"席"名叫"次表"的同学没来上课？全班同学大笑不止。

急性子的爸爸当年是个正义感十足、不平则鸣的青年教师。见到学校方面做狗屁倒灶的勾当，譬如巧立名目收学生的钱又没下文等，王老师就组织起学生来抗议，校方很难堪。他在一所中学平均任职时间是两个学期，校方不再续聘，惹不起这位"翻车派"教员，请您另谋高就去吧！

他是非分明，也不是永远站在学生这一边，有时候校外的政治运动者来学校鼓动孩子们闹事，父亲会义正词严地说明是非曲直，劝他们不可盲从，学生很听他的话，他就被有心的政治团体视作眼中钉。某日清晨，他们聚众在宿舍外大喊："打倒王寿康！"

父亲被吵醒，以他洪亮的男中音吼回去：

"不用打倒了，我还躺在被窝里呢！"

每次学校辞退了这位"翻车派"教员，他就去黎锦熙老师那儿求助，黎老在教育界的关系既深且广，总能够替他的学生谋到另一份教职。几年下来，父亲在北平附近的许多中学都教过书。后来爸爸在"中华大辞典编纂处"任编辑，黎老师是负责编纂大辞典的总主任。

全面抗战开始，父亲投笔从戎南下；八年后重回北平，立即去黎老师那儿报到。黎老的毕生信念："扫除文盲、统一全国语音。"同一个国家的人民，彼此言语都说不通，绝对不可能成为现代化的国家；"语同音"，推行国语是建国大业最迫切的第一要务。

黎老师在北京师范大学办"国语专修科"，以最短的时间训练出合格的语文教师，他聘请得意门生王寿康、王善恺等任专修科讲师。

黎老也促成设立了北平《国语小报》，是一份每个汉字旁边都带有注音符号的报纸，只要认识注音符号，就能正确地读出每个字音来，是扫除文盲有力的工具。社长萧家霖，副社长王寿康，编辑徐世荣；孙崇义、牛继昌、王善恺为《国语小报》提供专栏稿件；他们都是黎锦熙老师的学生。

黎老师认为："台湾才是最需要推行国语的地方。"1948年初，父亲奉命结束《国语小报》，将报社笨重的铅字铜模子和出版设备运到基隆港，他是第一任《国语日报》副社长。努力奔走筹划，从一无所有，《国语日报》在1948年10月25日出版了第一张报纸，自此持续发行了七十年有余，几乎所有的台湾人，都是读《国语日报》长大的，来日方长。

老照片摄于1947年秋，北师大第一届国语专修科毕业照。第一排坐着六位师长，后面站立几排毕业生，共二十三人。四位女生穿传统旗袍，其他的男同学服装多样化：中山装、香港衫、衬衫、大领子西装。我很有成就感地认出来七个人：大宋、张博宇、赵文增、翟建邦、巩青祥、黄增誉和冯长青众师兄。

那一年台湾省教育厅给北师大来函，委托选派第一届国语专修科毕业生赴台湾任国语教员。父亲一一甄选，合格的有十多人，陆续来到台湾，他们都是父亲亲自教过的学生，黎锦熙先生的第二代嫡传弟子。

为他们安排工作的王老师，更关怀这些只身在台年轻人的生活，每年除夕，众位师兄从中南部各地来我们家吃年夜饭。那是个大阵仗：爸爸负责拌饺子馅，这些从中国北方来的小伙子，擀饺子皮、包饺子、剥蒜头、煮饺子——干起来超级利落。饭后分好几组打桥牌，喝茶聊天，热闹到深夜。

他们向家长王老师说好多事情，诉苦、抱怨、聊教学上的烦恼和乐趣，就是不能说不想干语文教育这类的话。有次张博宇师兄开玩笑：

"王老师，您瞧咱哥儿几个都那么能干，您领头组个公司，大伙儿一块挣钱多好哇！咱甭干语文教育不行吗？"

老爸臭骂了博宇一顿，最后有结语："无论多么苦，必须得干语文教育，因为咱们信的就是这个国语教。"

黄增誉师兄在台北国语实验小学教过我，得叫他黄老师。父亲在台湾省立师范学院任国语专修科主任，黄是爸爸的助教。他经常来我们家，聊起来没完；有时向我妈妈吐露谈恋爱的苦恼、问几个生冷的字，我多数发音错误，也不会用。

有一天，增誉老师容光焕发，推来一辆亮闪闪、八成新的英国飞利浦脚踏车。最近赚了笔外快，想买这漂亮车钱不够，旧车没人要，就去当铺当了一百多元，凑起来刚好。后来黄老师就靠这辆帅车追到女朋友。

某师兄深夜来找王老师，说他需要钱。爸爸担心地问是怎么回事，隔着纸门听不清楚，突然父亲提高了声音："你去荒唐了，才闹成这样？"

师兄急着否认，声音压得更低。骂归骂，父亲当然替他解决了问题。

有一阵子爸爸被情治单位多次请去问话，回来愁眉不展地和母亲窃窃私语。大宋师兄被牵连进一桩"匪谍案"，国语专修科的同学无一幸免，每人都被抓进去，少则两三个月，有的蹲在拘留所里半年到十个月，与外界完全失联。审讯终结认为没事，才准予释放，但要找人担保他今后奉公守法。父亲是所有同学的保证人，多次进出台北爱国东路政治犯拘留所，将他们一一保释出来。

有位师兄，从前在大陆曾加入"国府"的情治组织，同学都叫他"国特"（国民党特务），因为大宋的案子也进了拘留所。他向爸爸一五一十叙述事件的前前后后，爸爸听完后编了句顺口溜：

"这叫作国特抓国特，一见哈哈乐！"

但是关在那个地方，实在乐不起来。

个子最矮的师兄，在拘留所内等父亲来保他，释放公文延迟了几天，他焦急万分，一见到父亲就说：

"王老师，您要是再不来我就成了武大郎做皇上，没人保啦！"

苦难之中未失幽默感。

据说大宋被判了七年徒刑，以后他再也没来我们家吃饺子；北师大国语专修科的同学们绝口不提此事，个中的详情我始终没弄清楚。

父亲是《国语日报》的创始人之一，在台湾省立师范大学办了两届国语专修科，继续培植语文教育人才。那两届的毕业生中有：台湾的儿童文学大师林良、方祖燊教授、张孝裕教授、王天昌教授等，长年来都为台湾的语文教育做出重要的贡献。

1956年，台湾师范大学成立"国语教学中心"，父亲是首任国语中心主任，"国语中心"第一届有五名美国留学生。女学生石清照，大概受到了父亲的影响，一心钟爱"京韵大鼓"，父亲请来台湾京韵大鼓名师章翠凤，石清照正式向章老师磕头学艺，多年后石教授成为美国知名的汉学家。"师大国语中心"多年来声誉卓著，在国语中心学习中文有成的外籍学生，少说也有十数万人。

黎锦熙老师的子弟兵、北师大国语专修科、台师大国语专修科毕业生、后继的千万语文教师，接下棒子，默默推行"语同音"大业。

百年承诺仍在绵绵不断地延续着。

北师大国语专修科毕业照 1947 年